# 円卓

西 加奈子

文藝春秋

# 円卓

イラスト　西 加奈子
デザイン　大久保明子

初出
「別冊文藝春秋」
2010年9月号、11月号、2011年1月号

香田《こうだ》めぐみさんが、眼帯をして登校してきた。

三年二組の児童みな、香田めぐみさんの周りに集まり、どうしたんそれ、取ってみて、などと騒ぐのだが、香田めぐみさんは普段からおとなしい性格、というより、とても大人びた女子児童であるから、大騒ぎしている皆を尻目に、うん、ものもらい、そう言っただけで、ふわり、席についてしまった。

ものもらい、というその言葉に、皆また、何それ、どんなびょうき、見せて見せて見せて、と沸き立ったが、香田めぐみさんは困ったような顔をし、皆を見回して、見せてあげたいねんけど、さわったら、うつるんよ、と、本当の大人みたいに言うのだ。

「だから、眼帯してるねん。」

児童らは、彼女を徹底的に尊敬してしまった。

香田めぐみさんが伝染病を患《わずら》い、それをあの白い「がんたい」というやつで、かくしている！

彼女は元々、男子の間だけでなく、女子の間でもとても人気のある児童で、それは彼女の大人のような仕草や、給食時の上品な三角食べ、国語の教科書を読む際の美しい標準語など、いろいろ理由があるのだが、結局はこの多くを語らない、謎めいた雰囲気によるところが大きい。

そのような様子を「ミステリアス」と呼ぶ。大人になった際、それを駆使することによって異性の気を惹くことが出来るしろものであるが、香田めぐみさんはまだ九歳。児童らが、何故自分にこれほどの興味を持つのかは謎だし、児童らも、何故これほどまで香田めぐみさんのことが気にかかるのか、解《げ》せない。

ただ、香田めぐみさんは、学級の中でも背がうんと高く、ということは、自分たちより自動的に大人に近い。大人である香田めぐみさんは、自分たちの知らないことを知っていそうだ、と思う。それが今回の「ものもらい」であり、「がんたい」なのである。

三年二組の中で、香田めぐみさんへのモアッとした「憧れ」を、一番、胸に秘めているのが、渦原琴子《うずはらことこ》だ。

ことこ、が言いにくいので、こっこ、と児童らは呼んでいるが、男子は当然のごとく、鶏の歩き方を真似てみたり、「こけこっこ」に始まる、呑気《のんき》な歌を歌って、こっこをからかう。

「こけこっこ。こけこっこ。こっこのとさかはさとおやに。」

無知な歌だ。「こっこのとさかは里親に」という節の理由や由来は、今となっては誰も知らないが、禍々《まがまが》しい雰囲気は伝わる。とにかく、それは、こっこに振り向いてほしいための、愛の歌なのである。

こっこは、早生まれの八歳。そのような男子児童の「愛情の裏返し」には聡《さと》くないし、そもそも異性に興味がない。かといって、早熟な女子児童の中にあって、こっこが子供じみた人物であるかというと、そうではない。

彼女の心中、

『男子鼻水垂らし、爪の中黒く、作詞のセンスなし。餓鬼《がき》が！』

こっこは聡明であり、彼らの愚行を馬鹿に出来るくらいに、大人なのである。


こっこは今、一番窓側、後ろの席で、ジャポニカの「じゆうちょう」に「ものもらい」と書いている。限りなくゴシックに近い力強い字体は、こっこ特有のものであり、そればかりは（そればかりではないが）、教師に幾度言われても直せなかった。

こっこは考える。

ものもらいという病気を患ったら、あの、白くて格好のいい「がんたい」を、目に装着することが出来る。そして片方の目だけで、世界を見ることが出来るのだ。

こっこは言いたい。

わたくしにちかづいたら、うつるのよ。どうか、ひとりにして。

それによって得られる孤独を思って、うっとりする。

ひとりぼっちの、わたくし！

体育の時間だ。香田めぐみさんは、先生の隣で三角座りをしている。担任教諭であるジビキが、声をあげる。

「香田は眼帯が取れるまで、体育休みやからの。」

体操着に眼帯。体育お休み。

魅惑的なその有様に、阿呆《あほう》の男子も、こまっしゃくれた女子も、目を細める。

「な、な、なんで休みなんー。」

ジビキに堂々と聞くのは、いつもぽっさん、学級の切り込み隊長だ。吃音《きつおん》の男子児童、こっこの新生児のときからの幼馴染《おさななじみ》である。

ぽっさんの話し方にも、こっこは昔から心底憧れており、事あるごとに真似てみるのだが、ぽっさんのように格好良くはいかない。ぽっさんの話し方は、歌を歌っているようであり、何か大切な説教をしているようでもある。独特の、格好良いリズムがあるのだ。

ぽっさんの質問を受け、ジビキが答える。

「あんな、片方の目だけやと、遠近感が分からへんくなるのや。」

香田めぐみさんは、えんきんかんが分からない！

遠近感、という言葉の意味自体分からないが、分からないがゆえの、ああ、魅惑的な響きに、皆はまた、夢中である。

「そ、そ、そそれは、ええ、え、えらいこっちゃ、なぁ！」

ぽっさん興奮、リズムに拍車。こっこは香田めぐみさんを、じっと見る。

こっこは、あそこに座りたい。みんなと私は違うのだということを噛みしめながら、片方の目だけで、みんなを見つめていたい。

えんきんかんが分からぬことなど、皆様には、理解できないでしょう。いいのです、放っておいて、ひとりにしてくださいませ。

体操の終わり、深呼吸をする頃には、こっこは「あっち側」で、孤独を感じながら座っている自分を想像、涙さえ流しており、ジビキを驚かせた。

「どないしたんや渦原。」

「うるさいぼけ。」

こっこの想像力は、並大抵のものではないのだ。

狼に育てられた少女の話を聞いたときは、給食のうどんを手を使わずにすすりあげ、皆にうんと驚愕されたし、アンネ・フランクの話を聞いたときには、図書室にある本棚の裏側に住みこもうとし、本棚そのものを倒壊、図書委員にこわごわ叱られたこともある。

ごっこの好きな言葉、八歳にして、「孤独」だ。

こっこは、孤独になりたい。誰からも理解されず、人と違う自分をもてあまし、そして世界の隅で、ひっそり涙を流していたいのだ。


渦原家は、大家族である。

六十八歳の祖父と、七十二歳の祖母、三十五歳の父と、三十九歳の母と、十四歳の三つ子の、姉がいる。つまり八人で住んでいる。公団住宅、青い屋根と波打った白い外壁、こっこの家はＢ棟の三階の一、３ＬＤＫ。ちなみに、ぽっさんの家はＣ棟の三階の二。こっこの家からベランダ越しに部屋の様子が見える。

ぽっさんの家は、共働きの両親と五つ上の兄さんの四人家族。五つ上の兄さんはとても分厚い眼鏡をかけているので、こっこはそれも羨んでいる。一度、その眼鏡をかけさせてもらったことがあるが、風景がぐにゃりと曲がり、目玉を後ろに引っ張られるような痛みを覚えた。五つ上の兄さんは、いつもこのような思いをしているのか、と、こっこはぽっさん共々、五つ上の兄さんをさらに尊敬するに至った。寡黙。

こっこの家は、ぽっさんの家と同じ間取りだ。

祖父母が眠る四畳と、父母が眠る四畳と、三つ子とこっこが眠る六畳と、居間の六畳。こっこに「孤独」は訪れない。

三つ子の姉は理子《りこ》、眞子《まこ》、朋美《ともみ》である。

りこ、まこ、ときて、どうしてともみなのか。両親に聞くと、かいらしやろー、と笑った。

こっこは、

『センス鼻糞、ほどもない！』

と思うのだが、三つ子の姉は誰も、自分らの名に不満を持たない。それがこっこには解せないのだ。

三つ子の女の子は珍しいから、姉らは小さな頃から周囲の注目を集めた。地元のコミュニティ誌にも載ったことがあるし、幼稚園、小学校、そして今通っている中学校でも、一番に、顔と名前を覚えられ、人気者であった。三つ子たちは、母、そしてこっこと同じように、とても美人なのである。

そんな状況なのに、彼女らは、至って「普通」なのだ。

自ら目立つことは決してしないし、三つ子であることへの不満を口にしたこともない。始終いちゃいちゃ、バスケ部とソフトボール部と手芸部で、そして、こっこのことが大好きで。

『あないつまらん人間がみつごやいうだけで目立ちくさって！』

姉らが美人であることは、こっこにはまだ理解出来ない。そして、こっこが生まれてからずっと言われてきた言葉、こっこが大嫌いな、言葉がある。

「あの三つ子の妹、」

その後に続く言葉が「可愛いわねぇ」でも、「賢い！」でも、こっこは気に入らない。どうして頭に「三つ子の妹」がつくのか。三つ子というのは、そんなに価値あるものなのか。

それを言うなら、姉らを「こっこの姉の三つ子」と呼べ、と思う。私のような才ある者が、どうしてあんな凡人らにくっついたような呼び方をされねばならぬのか。

こっこはまた、三つ子たちに、どうせなら、もっとドラマティックなことをせよ、とも思っている。例えば、三人で結託、自分たちだけは素晴らしい服を着てパーティーに行き、こっこにはみすぼらしい服を着せて掃除をさせたり。例えば、同じ顔を利用して、昔の偉いアメリカ人を騙したり。

とにかく、三つ子という状況を考えれば、生活はいくらでも魅力あるものに出来るはずなのだ。なのに、きゃつらは、いつもこんなふうである。

「こっこおいで、髪の毛とかしたろー。」

「こっこドーナツ食べる？　お姉ちゃんのんあげるー。」

「こっこボタン取れてるん、つけたろかー。」

こっこ、こっこ、こっこ。にこにこと嬉しそうな三つの、同じ顔。

『凡人が！　みつごに甘んじやがって！』

だが実際、理子が髪を梳《と》かす手は優しく、眞子のくれるチョコレートがついたドーナツは甘く、朋美が縫ってくれるピンクの糸は、可愛い。

こっこは、三つ子に囲まれて眠る。

こっこは、孤独が欲しい。三つ子の妹でもない、誰でもない「こっこ」になりたい。


夕食だ。

「今日な、香田めぐみさんが、がんたいしてきはってん。」

渦原家のテーブルは、潰れた駅前の中華料理屋、「大陸」からもらってきた、円卓。とても大きいから、居間のほとんどを、占拠している。とんでもない存在感、深紅だ。そこに、父、母、三つ子、祖父、祖母、こっこ、の八人で座るものだから、風景として圧巻である。

卵焼きも野菜炒めもそうめんの薬味も、円卓をくるくる回り、家族に届けられる。つまり、大家族にはとても便利なテーブルなのだが、六畳居間の畳の上では、やはり圧巻である、深紅だ。

「ものもらいか。」

父、渦原寛太《かんた》。

便利屋で働いている。エアコン、ウォシュレット、浄水器の設置、水道管の修理、カーテンレールの取りつけ、など。あるときは庭の草むしり、引っ越しの手伝いなどもする。中退したものの、学生時代はラグビーの選手として活躍、ハンサムで阿呆やからモテた。若気の至り、左腕にイカリのマークの入れ墨がある。彼は海の男ではない。だが、自分の丸太ん棒のように太い腕には、イカリが似合うと思ってしまったのだ。ぽっさんいわく、寛太は、あ、あ、IQが低い。

こっこは、寛太にも不満を持っている。

『すいどうこうの子供より、ラグビー選手の子供のほうがいけてるやないか!』

こっこ、寛太が足の靭帯《じんたい》を痛めたことや、年をとってはラグビーを続けられないことを知らない。でも不満なのだから、仕方がない。

『凡人が!』

しかし、凡人の寛太が、がんたいと言えばすぐに「ものもらいか」と問うたことに、少し驚いた。寛太は、ものもらいを知っているのか。

寛太も、こっこのことが大好きである。可愛くって、仕方がないのだ。

『こっこは俺の、天使やでほんま!』

「うつるんやって。香田めぐみさん、だから、体育も、休みやってん。」

「そうなんや、可哀想に。」

母が言った。

出た! こっこは思った。ほら、やっぱり、がんたいいうやつをしたら、ものもらいになったら、みんなにかわいそう、と、思ってもらえるのだ。かわいそうなこっこに、なれるのだ。

「うちも、がんたいが欲しい。」

「なんで。」

母は、渦原詩織《しおり》。

学生ラグビーのチアリーダーをしていた。寛太とは、今でいう合同コンパで出会い、熱く交際、満を持しての妊娠(しかも三つ子)を経て、今に至る。美人で、やはり阿呆なので、モテた。寛太ほどの若気の至りは経験していないが、怒りすぎると耳がちぎれそうになる。奇病か。

『なんで、て聞くなやぼけが。』

　こっこは詩織に対しても、不満である。詩織は天使のおへそのように素直な性格、思ったことを、すぐに口に出してしまうのだ。

『お前ら凡人に、格好ええからやなんて、言えるわけないやろが！』

　こっこは、黙り込んでごはんを食べる。ほっぺたに、しめじごはんの茶色いご飯粒がついている。詩織も、こっこは、おしめしとった頃と変わらへんわー。』

『可愛らしい、こっこは、おしめしとった頃と変わらへんわー。』

「こっこ、おべんとつけてるで。」

　祖母は、渦原紙子《かみこ》。

　指を伸ばして、こっこのご飯粒を取る。寛太の明朗快活な性格は、紙子からひきついだ。八人きょうだいの長女、早くに亡くなった母の代わり、弟の鼻水涎《よだれ》鼻糞、妹の糞《ふん》尿虱《にょうしらみ》、なんでも取ってやった、もちろん素手である。皆を無事成人させ、やっと三十歳で嫁いだときには、世話をする人間が夫ひとりなのに感動した。主婦ってなんて楽、ずっと手が綺麗、と思う間もなく七人をぽろぽろ出産、みんなとしごで手はぼろぼろ。一番末っ子である寛太の家に厄介になっているのは、嫁である詩織と相性が良いから。公団住宅の狭さなど、ものともしまへん、である。

紙子にとっても、こっこはまさに天使。口が悪かろうが、少し偏屈だろうが、目に入れても痛くない孫なのだ。

『いつかほんまに目に入れてしもたろかしら。』

祖父は、渦原石太《いした》。

頑固でひねくれものの石太、年上の紙子に温かく包まれている。末っ子。生まれてすぐ黄疸《おうだん》にかかった経緯があり、家族に溺愛《できあい》されたがゆえのわがまま、そして気難し屋である。石太。こっこが家族の中で唯一尊敬してやってもよい、と思っている人物だ。

石太は、本をなんぼでも読む。公団住宅せまいのにそれはないで、と言いたくなるほど、書籍を大量に買う。小説ルポルタージュ写真集料理本古い教科書辞書辞典なんでも、買うのである。石太は、文字が好きなのだ。

そして、こっこと同様、自分は選ばれた人間である、と思っており、選ばれた人間特有の、世の中への憂いを持っている。だから、息子である寛太や、その嫁の詩織、妻紙子はもちろん、可愛いはずの三つ子の底や裏のない明朗さに、しばしば辟易《へきえき》している。

『やかましい。いろいろと。』

幼いながらも、こっこはそれを感じている。

『石太だけは、他の家族と違う!』

石太もこっこにシンパシーを感じている。そして、ひそやかに期待している。

『琴子は、大物になるかもせん。大物というのは、何かしらの。』

石太は、紙子が漬ける水茄子《なす》が大好きだ。

『なぜなら、琴子は、儂《わし》に似ているから。』

石太、水茄子を咀嚼《そしゃく》し、こっこを見る。

「麦粒腫の通称なんや。ものもらいというやつは。」

「ばくりゅうしゅ?」

こっこは、石太の口から放たれる言葉に、はっとする。石太が話すと、明朝体の文字が空《くう》に解き放たれる。すべからく。こっこはそれを捕まえ、一文字ずつ食べる、咀嚼する。石太の放つ文字は、大変美味しいのである。

「ばくりゅうしゅ」も、ジャポニカ「じゆうちょう」に書いておかねばなるまい。

児童らが阿呆のように、ものもらい、ぽっさんにいたっては、「もらいもの」と言っていたそれを、自分だけは、ばくりゅうしゅと言おう。明日だ。

「香田めぐみさん、ばくりゅうしゅの調子は、どうですか?」

そう言ってその場を去る自分を想像し、うっとり目を細めるこっこ。頬にまた米。

「またおべんとつけてるわー。」

四方八方から伸びる指に、こっこはひるむ。

『やかましい、いろいろと！』

水茄子の漬物が、円卓をくるくる回っている。水曜日の夜だ。

「香田めぐみさん、ふくろくじゅの調子は、どうですか。」

「え？」

チャイムが鳴る直前、こっこにそう言われた香田めぐみさんは、驚きの色を隠せない。こっこが近づいてきたときから、漠然とあった不安。動揺したまま始業、一日の始まりである。

「ばくりゅうしゅ」を、「ふくろくじゅ」にしてしまったのは、こっこだけが悪いのではない。いや、やはり「ばくりゅうしゅ」をメモした「じゆうちょう」を家に忘れてきた、咀嚼し自分のものにしたはずの「ばくりゅうしゅ」を、大便と共にソーダ色の和式便器に流してしまった、こっこが悪いのか。

B棟を出てすぐに、こっこは気付いた。

『しもた！　ジャポニカ忘れてしもたやんけ！』

でも、その頃には、C棟の角で毎朝待ち合わせをしているぽっさんが、もう、こっこに手を振っていたのである。

「こ、こ、ことこ、お、お、おはようさん。」

皆が皆「こっこ」と呼ぶ中、石太とぽっさんだけは「琴子」と呼ぶ。

石太は「こっこ」などという軽薄な文字より、自分の名づけた「琴子」という美しい文字のほうが好ましいからだが、ぽっさんは吃音の問題。こっこっこっこっ、と、言いだすと止まらなくなるのだ。ぽっさんいわく、真ん中の「と」が、良いストッパーになるらしい。

『ばくりゅうしゅ、や。』

こっこ、心を決めた。「じゆうちょう」を忘れたのであれば、頭の中にしっかりと刻んでおけばいいのである。

こっことぽっさんは、共に歩きだした。

「あ、あ、あんな、き昨日、ひ、ひ、ひづめの音、せ、せんかったけ？」

こっこ、いつもはぽっさんの話す様が格好良く、耳に心地いいので、熱心に話を聞くのだが、今日は、ばくりゅうしゅ、ばくりゅうしゅ、それを刻み続けることに必死で、ぽっさんの話に、耳を傾ける余裕がない。

「な、な、なんか、カツ、カツ、いうて、な、あれは、鹿の、ひ、ひづめの音や思うてな、なぁ、じゅ、じゅろうじんが、来たんとちゃうかと、お、俺は、思うてん。」

ぽっさんは、寿老人が大好きだ。

あの、七福神の一人の寿老人である。

昔、共働きの両親に言いつけられ、ぽっさんは五つ上の兄さんと神棚に置いてある七福神の掃除をしたことがあった。

神棚は台所に設置してあり、長年掃除をしていなかった。七福神にはべたべたとした埃《ほこり》がまつわりつき、誰がどの神様か、判別出来ない状態だった。

五つ上の兄さんが、洗剤を吹きかけた布で、ひとつの神様を拭くと、それは大黒様であった。大黒様は、変な頭巾《ずきん》をかぶって変な袋を背負い、変な小槌《こづち》を持って、変な俵の上に立っておられた。

「大黒様。」

五つ上の兄さんは寡黙な人であるが、同時に、とても聡明な人であったので、現れた神様を、ぽっさんに教えてくれた。

二つ目を拭くと、布袋《ほてい》様であった。

「布袋様。」

布袋様も、変な布袋を背負い、変なうちわをお持ちになり、変な裸身で、変な禿頭《はげあたま》であられた。

三つ目が、寿老人であった。寿老人は、杖をお持ちになり、幾分ずるむけた顔でにこやかに笑っておられ、美しい鹿をお連れになっていた。

「寿老人。」

ぽっさんは、そのときはまだ、寿老人のことを、ただ、底意地の悪そうな布袋様と大黒様に比べ、心底優しそうな、というよりは、呑気そうな神様であるなと思うだけであった。

「寿老人。」

そのとき、不思議なことが起こった。五つ上の兄さんが拭いた四つ目の神様も、寿老人だったのだ。

「寿老人。」

五つ目も、

「寿老人。」

「寿老人。」

六つ目、そして、七つ目も。七福神の神様は、大黒様と、布袋様と、寿老人が五つだったのである。

五つ上の兄さんは、あまりの不思議に黙り込み、ぽっさんは、同じ笑顔で同じ鹿をお連れになっている寿老人五人に、釘づけになってしまった。

これは何かのご縁である、確実に。

それからぽっさんは、寿老人のことを熱心に調べた。そして寿老人が、酒を好んで、頭が長く、性格設定が福禄寿《ふくろくじゅ》とかぶるために、一時期は、七福神選抜からはずされたのだ、ということを知るにつけ（特にぽっさんは、頭が長い、という部分がお気に入りであった）、ますます、寿老人のことを好むようになったのである。

やがて紆余《うよ》曲折《きょくせつ》を経て、ぽっさんは寿老人のことを、サンタクロースか何かと思うようになった。そうなるに至ったぽっさんの感情のグラデーションは謎であるが、ぽっさんが五歳のとき、共働きの両親が、

「サンタクロースはキリスト教徒の家にしかやってこないのです。」

と静かに宣言、浄土真宗であるぽっさんに対し、クリスマスプレゼントを拒否していた数年間や、寿老人の風貌、いかにも好々爺《こうこうや》なそれに、想像の背中を押されたのであろう。

ぽっさんは寿老人がいつか、自分の元に何かしらの贈り物を持ってきてくれるのでは

ないかと、首を長くして待っているようになった。サンタクロースのように、贈り物をくれる日が決定していないのが難儀であったが、決まっていない分、驚きと喜びが増すのである、と、ぽっさんは思っている。

その話は、こっこももちろん知っていたし、七福神の来歴や性格設定や容貌を、事細かに説明するぽっさんを、深く尊敬し直した。

「カ、カツ、カツ、いうてな。あ、あれは、ひづめの音や。」

その音は残念ながら、寿老人がお連れになっている鹿のひづめの音ではなく、A棟の一階に住む、スナック「きさらぎ」勤めの竹田冨美枝《たけだとみえ》さんが、酔っぱらいながらヒールを鳴らし、帰宅する音だったのであるが、布団の中のぽっさん、わくわくしてしまうのは無理もない。

「お、俺んち、通りすぎて、しもたからなぁ。ま、まだ、お、贈り物はもらわれへんのかなぁ。つ、杖欲しいいう、ね願いが、あ、厚かましいのんかも、せえへんなぁ。」

ぽっさんが欲しいのは、杖である。

寿老人が持っている、あの杖が欲しいのである。

ぽっさんは元来、道を歩いている際、長い枝を折っては地面をからかってみたり、金属製の柵にそれをぶつけ、音色を楽しんだりする風流人であったが、いかにも神様の持ち物然としている寿老人の杖に、深く惹きつけられたのだ。

知人に何かを教える際にも、地面にあの杖で絵など描いてやれば便利だろうし、少し離れた知人を呼ぶ際、あの杖で突いてやれば、言葉を発する手間が省ける。

何より、杖めっちゃ格好ええやんけ。

「つ、杖いうのんはな、い、五つ上のに、兄さんに聞いたらな、た、頼りになるもんの、た、たとえでもあるんやで。た、たとえって、し知っとるか、こ、ことこ。」

「ばくりゅうしゅ、ばくりゅうしゅ。」

こっこ本当は、ぽっさんの話を、聞きたくてたまらない。にも拘《かかわ》らず、「ばくりゅうしゅ」に、囚われすぎるこの脳みそ。挙句、今となっては、「ばくりゅうしゅ」が、ものもらいの別名であったことなど忘れてしまっているのだが、ただただ、香田めぐみさんに、ばくりゅうしゅの調子は、どうですか、と言わなければいけないという、その強迫観念に、突き動かされているのである。

「こ、ことこ、ばく、ば、ばくりゅうしゅや、あらへん。ま、前教えたやろ。寿老人が、設定、か、かぶっとんのは、ふ、福禄寿や。」

「ふくろくじゅ。」

こっこの頭は、今や、新品なのに穴のあいたバケツのようである。

「そ、そうや、福禄寿や。」

「ふくろくじゅ、ふくろくじゅ。」

「な、なんや、こ、ことこは、福禄寿のほうが、す、好きなんかいな。」

「ふくろくじゅ。ふくろくじゅ、ふくろくじゅ。」

「う、裏切ったな」

こっこは悪くない。


「ふくろ……なに？」

香田めぐみさんが、そう聞き返す頃には、こっこ、颯爽《さっそう》と自分の席に向かっている。

『言うたった！』

香田めぐみさんの眼帯を見て、やっと、「ふくろくじゅ」が「もらいもの（ぽっさんに、影響されやすいのだ）」の別名であることを思い出した次第であるが、ともかく、こっこは、やったのだ。

『香田めぐみさん、心っ底、驚きよるわ！』

香田めぐみさんは眼帯の素敵な顔を傾け、諦めたようにふわり、席についた。

『前から思てたけど、こっこちゃんは、ちょっと、変わってはる。』

一方ぽっさんは、ジビキが出席を取り始めても、寿老人のことを、思っている。

『俺に杖くれへんもんやろか。』

ぽっさん頭の中では、流暢《りゅうちょう》に話すのだ。


布団の下、押しつぶされるようにして顔を覗かせていた「じゆうちょう」を見つけたのは、三女朋美、手芸部、こっこにピンクの糸でボタンをつけてやる姉だった。

皆が起きたまま放ってある布団を出がけに畳むのは、朋美の仕事だ。同じ部屋の理子、眞子は、それぞれバスケットボール部とソフトボール部の朝練があり、朋美とこっこが起きる一時間も前に家を出ているのである。

手芸部に朝練はない。理子と眞子と一緒に登校したい朋美が、一度玉坂《たまさか》部長に提案したことがあるが、あほぬかせ、の一言で片づけられてしまった。

「針仕事いうのんは夜なべしてやるもんや。」

玉坂部長は、四角いアナログ時計のような顔をしている。それに四角い眼鏡をかけているので、印象として規則正しい。割烹着《かっぽうぎ》に不死鳥、晴雨兼用傘に十一面観音像など、刺繡《ししゅう》の腕前が見事。中三の女子であるが、「姑《しゅうとめ》」というあだ名をつけられている。技術。貫禄。どれをとっても部長という称号にふさわしい人物である。

玉坂部長は、手芸部という存在のイメージ、柔らかでぬるいそれを根底から覆す厳しさを持った人で、例えば、楽しくお喋りしながらの刺繍、ミシンがけなどを許さない。

「針扱っとるいうこと念頭に置いとけ！　死ぬぞ！」

朋美の通う中学には、「料理部」もある。どちらも部員数が少ないこともあり、料理部と手芸部を統合、「家庭科部」にしてはどうか、という提案が学内で持ち上がったことがあったが、それに強固な反対姿勢を貫いたのも、玉坂部長であった。

「火使うのんと針使うのん、一緒にしてもろたら困りますわ！」

その言い草はまさに意固地な姑、しかし学校全体の「どっちでもええやん」の雰囲気に徹底的に抗《あらが》う玉坂部長を、朋美は心底ハンサムだと思っており、その考えには理子も眞子も同感である。

「あの人、たまに影が人より大きく見えるよな。」

放課後六時までの部活を「夜なべ」と呼ぶ玉坂部長の表現に、まったく齟齬《そご》はない。四人いる部員が無言で針を動かすさまは、「楽しみ」や「手習い」などとは程遠く、「生活のため」「私がなんとか」という切実な思いによって成形されている。

三つ子、そしてこっこが眠っているこの夏布団カバーの刺繍も、朋美が施した。理子のカバーには風神雷神像、眞子のカバーには踊る鶴亀、朋美のカバーには戦う龍虎《りゅうこ》が描かれている。もちろん、玉坂部長が出した「課題制作」である。玉坂部長作品の精緻さには及ばないが、どれも、動き出しそうな躍動感がある。

「もっとこう、かいらしい刺繡出来ひんのんか。子猫が毛糸玉にじゃれとるとことか。」

紙子にそう言われることがあるが、理子も眞子も、こっこでさえ、この布団カバーの刺繡を、気に入っているのである。

朋美は、眠そうな顔で布団から出る理子と眞子に申し訳ない思い、そしておいてきぼりをくっているような寂しさを覚えながらも、やはり、一時間も長く気に入りの布団で眠ることが出来る境遇には、感謝せずにはいられない。

挙句《あげく》、六畳一間では布団を三組敷くのが限界、こっこが風神雷神、鶴亀、龍虎のどれかの布団で一緒に眠ることになるのだが、理子、眞子に起こされるのを嫌がるこっこが、おのずと自分の布団で眠ってくれることが、嬉しいのである。

龍虎に守られて眠るこっこは、風で乾いたハチミツのような甘いにおいがして、そして、信じられないほどに柔らかい。

その幸せを思えば、皆の布団を畳むくらい、なんてことないのだ。

さて、「じゆうちょう」である。ジャポニカ。

花の茎を伝う蟻《あり》を大写しで撮影した表紙は、幾分グロテスクであるが生命力に満ちており、朋美の指をむずつかせるものであった。

『刺繍したい……。』

蟻の触角の先には、こっこの字で**『だれおもあけることならぬ』**と書いてある。この文言も石太に教えてもらった。漢字は苦手であるし、「お」と「を」の使い分けも難しいが、限りなくゴシックに近いこっこの字は、迫力がある。蟻が発言している風に見えるのも、細胞レベルの説得力があって良い。

そういえば昨晩、先に眠っていたこっこの手に鉛筆が握られていたのを、理子、眞子と、ときめきながら見た。あれは寝そべりながら、「じゆうちょう」に何か書いていたのだろう。当然「ばくりゅうしゅ」であったのだが。

こっこがちょいちょい何かを書きとめているのを、朋美は知っている。大切な「じゆうちょう」であることも、知っている。何しろ『だれおもあけることならぬ』なのである。

今走って追いかけたら、こっことぽっさんに追いつくだろうか。

だが、小学校と中学校は、まったく逆の方向である。中学校へは歩いて二分、小学校へは十分の距離だ。挙句、今日は寝坊してしまい、布団を畳む作業が残っている朋美は、遅刻の危機にある。ではその作業を、詩織に頼めばいいではないか、というと、それは叶わない。布団をおのおので畳むのは、渦原家の厳然たるルールだ。家事がひとつでも増えると、詩織の耳が取れそうになるのである。奇病か。

朋美は、こっこに諦めてもらうことに決めた。

布団を畳み、押し入れに入れ、ジャポニカを取り上げる。どこかに隠しておいてあげようかとも思ったが、ああ、この素晴らしい蟻だ。黒々と光った目、今にも動き出しそうな、たくましい脚、まっすぐな触角から、朋美は目を離すことが出来なかった。

『刺繍したい……！』

折悪しく、今日の手芸部は「自由制作」であった。朋美は、もうすぐ誕生日の祖母に、理子、眞子と金を出し合い、水色のベレー帽を贈ろうと考えていた。これをサイドに刺繍すれば、既製品の枠を朗《ほが》らかに飛び出す、さぞかし素敵な帽子になるだろう。

『こっこ、堪忍やで！』

朋美はジャポニカを自分のかばんに入れ、家を飛び出した、行ってきます！

居間に残されたのは詩織、紙子、石太だ。深紅の円卓、居間にぎっちり。

「今行ったんは、理子か。」

「お義父さん、ちゃいますよ、あれは朋美。理子は眞子と一緒にはように家出たでしょう。」

「なんで朋美だけ遅うに出るん。」

「お義母さん、前言うたでしょう。理子と眞子は朝練があるんよ。」

「朝練とはなんぞ。」

「部活の。」

「なんのや。」

「ソフトボールとバスケットボールよ。」

「ボールばっかりやな。」

詩織、洗濯を始めるべく立ち上がる。紙子が朝食の後片付けをし、それぞれ好きな歌をくちずさむ。詩織は「青い珊瑚礁《さんごしょう》」、紙子は「青い山脈」。図らずも青、青、もうすぐ夏である。

石太は観葉植物の図鑑を開く。つやつやとした観葉植物の、美しい写真を愛でるのではない。植物の名前を追うのが、楽しいのである。アンスリウム・クラリネルビウム、フィカス・ベンジャミナ、アフェランドラ・スクアローサ・ダニア。植物の名前は、ギリシャの神々のようで、美しい。

石太は大抵黙読であるが、時折気に入った言葉があると、声に出して読む。舌の上で転がすと、文字は嬉しくてたまらぬ、という風に可愛らしく身をよじり、それが石太には愛おしいのだ。

「アッパチトセラン。」

「えー？　夏場ちと、何ですか？」

「うるさいぼけ。」

石太は芸術を理解しない紙子に、イライラする。今日はまだましである。いつかなどは、ケープコッド、と言った石太に、ですよねー、と相槌を打ってきたのだ。

『凡人が！』

石太の何やかやに、紙子は全く頓着《とんちゃく》しない。あーおーいーさんみゃぁくー、が、居間を転がり、石太のディジゴセカ・エレガンティッシマと出遭う。

それぞれの文字は、結構仲良くやっている。


「渦原、これは何や。」

四時間目は図工の時間であった。今日は紙粘土で自分の顔を作る、というものである。

「これは渦原の顔やのうて、まるでおっさんの握りこぶしやないか。」

「うるさいぼけ。」

こっこ条件反射でそう言った後、少し居住まいを正した。

「遠近感が、わからないもので。」

ここは、とうとう眼帯を手に入れたのである。

詩織も寛太も、今回は石太でさえ役に立たなかった。家に眼帯が無いことに落胆したここは、学校の保健室に目をつけた。

以前、もーたんが蜂に刺されたとき、保健室から帰ってきたもーたんの腕に包帯が巻いてあるのを、見てしまった。ここは、その白さに、はっきりと心を奪われた。ただ、あのとき、ここも早々に保健室に飛び込み、包帯をしてくれ、とせがんだのは失敗であった。

「何も怪我してないやないの。」

ここも阿呆ではない。ただ、少し興奮しすぎたのだ。

今回は熟考した。二時間目終わりの休み時間、保健室を訪れたここ、必死のウインクをかましながら、右目が開けれません、と言った。

保健室の沢《さわ》先生は、紙子くらいの年齢に見えるが、実は五十歳である。未婚、レズビアン。カミングアウトはしていないが、学校中の教諭がそれを知っている。髪を刈り上げて金縁の眼鏡、ホームパーティーが好きで、巻き寿司が得意だ。アボカドや桜でんぶが入った、それは華やかな。

「目開けられへんって？　ごみか何か入ったん？」

「わかりません。もらいものやと思います。」

つむった右目がぴくぴくと震えるが、我慢だ。

「もらいもの？　ああ、ものもらい？」

「も。そうです。」

後でぽっさんをどついておかねばなるまい。ここで「ふくろくじゅ、ということですよね」と言って沢先生を驚かしてやりたいが、我慢だ。

「痒い？」

「はい。」

「痛い？」

「はい。」

「ちょっと見せて。」

沢先生は、こっこの目をじっと覗きこむ。力をこめてウインクしていたのが功を奏したのか、こっこの目は、少し赤い。

「ものもらいやないけど、ちょっと赤なってるね。結膜炎かもせんよ。」

『けつまくえん？』

こっこ、自分が新しい病気に罹《かか》ったのではないか、と期待する。しかし、

『けつまくえんとは、なんか格好が悪いな。』

明らかに「ケツ」のイメージである。こっこ、皆には言わないでおこう、と安全圏へ。ここはあくまで「ものもらい」の線でいくのだ。

「ほんなら、目薬さそか。」

「眼帯したら治ると思うんですけど。」

思いがけない提案に臆し、こっこは思わず、目的をずばり言ってしまった。沢先生は、しかし別段疑うこともなく、

「目開けられへんのやったら、眼帯してたほうが楽かもな。」

心は週末のホームパーティーに飛んでいるのだ。うきうきしている。友人が、可愛らしい若い女性を、三人ほど連れてくると言っていた。巻き寿司が好きであったなら、いいのだが。

「はい、これ。帰ったらちゃんと目ぇのお医者さん行くんやで。」

仮病看破の甘さたるや、沢先生は、レズビアンの天使だ。

こっこはこうして、眼帯を手に入れた。

教室に戻るこっこは、興奮していた。香田めぐみさんを囲んだ皆の興奮、可哀想という大人たちの同情の声、誰にも私の「えんきんかん」のことは分かってもらえぬのだと

いう孤独、それらすべてを、自分のものに出来るのだ。

「こっこも眼帯やん！」

教室に入った彼女を、案の定、皆が取り囲んだ。

「せやねん……。」

「ほんまけ？　やっぱりうつるんやな、ものもらいというやつは。」

「うちもうつしてうちもうつして。」

「……ひとりにして。」

本当は、とても「ひとりにして」の精神性ではない。みんな見てみんな見てみんな見て。こっこは上機嫌である。

香田めぐみさんがひっそりと席にやってきて、ごめんな、私のん、うつしてしもたんかな、と謝ってくれた。ああ、どこまでも大人な香田めぐみさん。その姿勢に皆細める目、目。どことなく得意げなこっこは、謙虚《けんきょ》な香田めぐみさんに、優しく、厳《おごそ》かに。

「ええんよ、私も、ものもらいものの気味やったから……。」

ものもらいものの元凶、ぽっさんだけはこう思っている。

『あいつうまいことやりおったな。』

流暢。

こっこ、三時間目の算数は、眼帯で受けた。ジビキに、お、ものもらいか、と聞かれたが、悲しげに微笑むにとどめた。

片方の目で見た数字、7や4や3は、黒板の上で白く光り、いつもより凛々《りり》しく、尊く見えた。あれらは、世界の不思議を孕《はら》んでいる、そう思った。ああ、数字。計算式の解答は、まったくもって分からなかった。

さて何より、こっこは図工が楽しみであった。「えんきんかん」の分からない自分を演出するのに、最適の時間ではないか。今日は体育がないので「体操服に眼帯で休み」が出来ないのが残念だが、紙粘土による「自分の顔」制作がある。その際、いびつな形のものを作れば、皆に、

「やはり遠近感が分からないのか！　哀れな人間だ！」

そう思ってもらえるだろう。

しかし結果、こっこは制作に、純粋に没頭してしまった。

なぜならこっこは、芸術を愛しているからだ。それは石太と同様。石太は、こっこが歩行器で歩くかどうかというときから、家にあるピカソやゴーギャン、マチスなどの画集を見せてきた。

ある日、こっこがピカソの画集を指差し、げるにか、と言って泣き崩れた、というエピソードをこっこは好んで、よく石太に話をせがんだ。その話を聞くと、やはり自分は他の人間とは格が違うのだと思うことが出来たし、それは石太もそうであった。

『琴子は、大物になるかもせん。大物というのは、何かしらの。』

こっこは、幼稚園のときから、その才能を遺憾なく発揮してきた。「おとうさん」というテーマでこっこが描いたのは、寛太が切り取った白い爪であったし、割り箸で動物を作るときには、四十本ほどを縦にくっつけ、「たいへんながいやつ」とした。

桃組のゆかり先生は、こっこの作品を褒めてくれた。こっこ心中、

『ちゃらちゃらした女や思とったら、なかなか分かっとるやないか。』

ちゃらちゃら、は失礼であるが実際そうで、ゆかり先生は幼稚園の男性職員ふたり、同時に手をつけていた。皆幼心に、ゆかり先生の尋常ならざる嫌らしさには気付いており、男性職員のどちらかが教室を訪ねてきた際は、ゆかり先生とのねちゃねちゃしたやりとりを、見て見ぬふりして過ごした。

そのような成人の優しさを持っていても、皆は所詮《しょせん》子供である。描く絵も可愛らしく、ゆかり先生が微笑むほどに、きちんと下手糞であった。しかし、こっこの作品だけは、例えば現代美術である、百万円ちょーだい、と言われても、なるほどこの力強さと難解

さの並列が美術作品、と納得させられるような趣があった。ゆかり先生はその趣を、素直に褒めてくれたのだ。

それに比べ、と、こっこは思う。

『ジビキはセンスがないからあかん。』

ジビキは三十一歳の男性教師であるが、結婚もせず、社会経験無くして教師になった人間に特有のだらしなさというか、何事に関してもデリカシーの無い雰囲気をたたえた人物であった。それはともすれば、大らかな、器の大きい人間に見えなくもないので、保護者や他の教師陣、ひいては児童からも、大変人気があった。

一度、こっこはぽっさんに、どうしてジビキは人気があるのか、ということを聞いたことがある。

「ジ、ジ、ジビキは、あ、あれや。お、俺らに好かれよう、と、せんとこが、え、えええのんや。」

なるほど、と思ったが、こっこはやはり、先ほどの理由からジビキを馬鹿にしており、

『嫌いではないのだが』

と、残念に思っているところがあった。よく考えれば、うるさいぼけ、というこっこの罵詈《ばり》雑言《ぞうごん》をどこ吹く風、何やったら可愛らしいやないけと受け流してくれるジビキは、

相当の人格者であるが、こっこ、その美点には、残念ながら気付かない。

女子の中には早熟な人間もいて、ジビキの気を惹こうと、先生奥さんもらいはれへんのん、先生どんな女のひと好きなん、上目づかい、小首を傾げる、など、あれやこれやの策を弄《ろう》しているのだが、ジビキは、前歯しか磨かない口を大きく開けて欠伸《あくび》をしてみたり、おー、と返事ともなんともつかない声をあげてみたり、つれないのである。

ジビキには実際、学生時代からの恋人がいる。

彼女はジビキの三つ上、三十四歳である。厄年《やくどし》を異様に怖がる女で、前厄、本厄、後厄の三年間は、ご神木のように静かに暮らしていた。何故かその間、ずっと黒い服を着用、会社の同僚に「誰かを弔《とむら》っている」「すわ未亡人」と思われていたのであるが、厄が晴れたら一転、鼻息荒く、火の鳥のような服を着用するようになった。また、ここぞとばかりジビキと結婚に至ろうと張り切っているのだが、ジビキのほうが、気が進まない。

厄だけでなく、六曜風水まじない何でもこだわる女で、デートの誘いも、

「次の友引に南へ行こう。」

などというもので、面倒臭いのである。結婚などしようものなら、やれ西側には黄色だ今日は仏滅だから殺生《せっしょう》ならぬ、など、五月蠅《うるさ》くてかなわないだろう。

「渦原、もーたんのん見てみい。うまいことこさえとるぞ。」

「うるさいぼけ。」

もーたんの作品が、目を見張るほどもーたんに似ていることを、こっこは知っている。しかし、手先が器用な人と、芸術家は、全く違うのだ。

もーたんは、奥目の男子児童であり、謙虚な目の代わりに出しゃばりな前歯が突き出ている。こっこは、もーたんの顔を見るたび、どっちや、と思う。出るのか引っ込むのか、はっきりしてほしいのである。

もーたんは、ジビキに褒められたのが嬉しいのか、より熱心に粘土をこね、爪楊枝《つまようじ》で細かな表情をつけている。きちんと奥目、出歯という己の現実を再現しているところは、立派だ。

対照的に、もーたんの隣では、早熟な女子のひとりであるたっちんが、自分の狐目や団子鼻を考慮せず、完全に「めっちゃ可愛い」女の子の顔を作っている。

がさつなジビキであるが、

「実際のたっちんと全然違うやないか。」

とは言えない。女性の自意識の面倒臭さというものを、ジビキは少なからず分かっているのだ。たっちんはアイドルの歌をくちずさみながら、せっせと鼻を高くしている。

こっこは、おっさんの握りこぶしと言われた自分の作品を、じっと見つめる。確かに握りこぶしに、それも、美しい女性のそれではなく、港湾労働者の団結、といった風に見える。力強い。こっこは感動する。「えんきんかん」分からぬ自分を演出するための「いびつ」であったが、これは、はっきりと芸術である。

こっこ、はたと思いつき、その思いつきにほとんど感動さえしながら、「握りこぶし」を潰した。改めて作品制作に挑むのだ。皆が、あ、と驚くようなものを作ろう。彼女は今、制作の喜びに打ち震えている。

こっこの額に光るもの。それは紛れもなく労働者の汗ではなく、芸術家の汗だ。

そして、汗をかいて鬱陶《うっとう》しいものだから、眼帯取ってしもてんて。


給食の時間、三年二組のベランダには、皆が制作した「自分の顔」の粘土が、風に当たって乾かされていた。

もーたんの作品は、もーたんが小さくなって生首になったような、たっちんの作品は、二次元の三次元化であり、ぽっさんの作品は、もちろん立派な寿老人、こっこの作品は、大きく広げた六本指の手のひらである。指の股には立派な水かきがついていて、生命線が太く長い、「自分の顔」。

給食は前後左右で机をつけて食べることになっている。こっこのグループは、横山《よこやま》セルゲイと、幹成海《みきなるみ》と、鼻糞鳥居《とりい》と、菅原《すがわら》ありすと、ゴックんの六人だ。

横山セルゲイは、こっこの隣の席の男子児童である。茶色がかったさらさらの髪と、色素の薄い真っ青の大きな目を持っている。ロシアと日本のハーフで、背も鼻も高い。九歳にして好色で、挙句ハンサムなので、女子児童に大変人気がある。よく女子を窓際のカーテンの中に連れ込んでは、初々しいパンツを見せてもらっている。

こっこは、彼に嫉妬《しっと》している。異性に人気があるからではない。こっこ、ハーフという横山セルゲイの状態に、憧れているのである。

お母さんがロシア人って、どんなんやろか、と、こっこは思う。

石太によると、ロシアは一度日本が打ち負かした大国であるらしい。その歴史によって、日本人は今でもトルコ人に大変尊敬されている、という話だが、このことは横山セルゲイには言うことならぬ、と言われた。

こっこの前に座っているのが、幹成海。こっことは一年生のときから同じクラスで、おかっぱ頭に黒目がちの丸い目をしている。取りたてて特徴のある女子ではないが、授業中よくぎゅう、と背中を丸めていることがあり、こっこが覗くと、何かを書いてちぎったノートを小さく、小さく、小さく折りたたんでいる。何をしているのかは、分からない。

鼻糞鳥居は、いつも鼻糞を掘っては机のへりにつけている。むろんクラス中の女子から嫌われているが、こっこは、

「こっこちゃん、パンツ見せてーや。」

などと言ってくる横山セルゲイよりも、ましであると思っている。

幹成海の前に座っているのが、菅原ありす。菅原ありすはホルモンの病気で、九歳にしてすでに胸が膨らんでおり、生理がある。そのため、こっこの学年は、通常五年時に行われる性教育の授業というものを、いちはやく受けた。

赤ちゃんの出来る仕組みは何度聞いても漠としており、とても納得のいくものではなかったが、横山セルゲイだけは、男のアレを女のアレに抜き差しするんや、などと耳打ち、

「ちょっとそれ見せあいっこしよーや。」

そう誘うことで、こっこを辟易させていた。ぽっさんは、

『ホルモン異常なのは菅原ありすではなく横山セルゲイだ。あれは立派にサカリがついているのだ。』

と思っている。やはり流暢。

早くにして「女性」になった菅原ありすの股の間から、月一度血が流れていることは、こっこを驚嘆させた。

「ナプキンいうのんを、当てんならんのよ。」

菅原ありすは憂鬱そうに、しかし少し得意げに女子児童に説明したが、その「ナプキン」という言葉も、菅原ありすの大人な表情も、こっこをなんとなく苛立たせた。

ゴックんはベトナム人である。

本名はグウェン・ヴァン・ゴックという。名前が三段階に分かれていて、挙句どれが苗字でどれが名前かわからない状態を、こっこは羨んで仕方がないのだが、何よりこっこを魅了したのが、ゴックんの生い立ちである。

ゴックんの父母は難民であった。父は十三歳のとき、母は十歳のとき、ベトナムからそれぞれの父母に連れられ、十五人乗りのボートに五十人乗船という悪環境で出航、日本海沖で嵐に遭い、転覆した。五十人中十四人は亡くなったのだが、その中には、母方の祖父、父方の祖母も含まれていた。ゴックんの母は父を、ゴックんの父は母を、海で亡くしたのである。

生き延びた人らを助けたのが、日本の漁船であった。彼らは在日ベトナム難民として暮らすようになった。父母は成長して結婚し、ゴックんが生まれた。

ゴックんからその話を聞いたとき、こっこは眩暈《めまい》がした。こっこが求めていた「ドラマティック」が、まさにそこにあったのだ。

祖父母がなんみん。

一緒に船に乗ってた人けっこう死亡。

グウェン・ヴァン・ゴックという名前。

両親がベトナム人であるし、名前も完全にベトナム人だが、ゴックんは日本語しか話せない。

「儂のてておやとははおやは、ボートピープルいうねや！」

ゴックんは、通常の関西弁よりも訛《なま》りが強い。例えばボートピープルと言うとき、ゴックんの発するのは「ボートピーップルッ」といった具合である。舌が長いのか。

「なんでゴックんのお爺ちゃんらは、ベトナムから逃げたん。」

「ポルッポトッいう人のせいなんや！」

「その人悪いん。」

「そらそやがな！　ようさん人殺すよってなぁ！　儂のお爺らはえらい賢かったもんやさかい、ポルッポトッに殺されそうになったんや！」

「なんで賢い人が殺されるんや。」

「ポルッポトッが、賢い人らは反乱起こしよる思たんや！　阿呆がようさんおったほうが与しやすいからの！」

「くみしやすい、て何や。」

「なんちゅうか、おどれの言うこと聞かせやすいうんかの！」

「そら、悪いやっちゃなぁ！」

「せや、めったくそ悪いやっちゃで！」

ゴックんの家は、駅前でベトナム料理屋「ハナ」を経営しており、とても繁盛している。渦原家の円卓を譲りうけた中華料理屋、「大陸」の後に出来た店である。

しかし、ゴックんが一番好きなのは、給食のうどんだ。

「大阪人はうどんやで！」

大阪に並々ならぬ愛情を持つのも、ゴックんが本当はベトナム人だからなのかもしれない、と、学級の皆が思っているが、賢い皆は、それを決して、ゴックんには言わない。

ゴックんの夢は小説家になることだ。いつか秀吉の小説を書くのだ、と、皆に宣言している。皆はゴックんの夢を尊重するが、心のどこかで、ゴックんの来歴を思えば、小説家としてこれ以上魅力的な題材はなかろうに、と思う。だがやはり、賢い皆は、それを決して、ゴックんには言わない。ゴックんは、人気者なのである。


三つ子の通う中学は自由だ。ノボセイ。

ノボセイとは、登北西中学校《のぼきたにし》の略である。名称に「北」が入っているのだから、一中、二中などとすれば良いのに、地域にあるのは登北西中と登北東中《ひがし》である。

生徒たちは、「ノボセイ」「ノボトウ」と呼んでいる。

ノボセイはとても自由な校風である。制服こそ着用しなければならないし、学校指定のサブバッグもあるが、靴下はどんなものを穿《は》いても良いし、髪の毛を束ねるゴムもクリップも、自由だ。

対照的にノボトウ、靴下は白、ワンポイントもあかん、ヘアゴムは黒か紺か茶である。そのため、ノボセイのほうがお洒落《しゃれ》である、と言われていた。生徒たちは赤い靴下を穿いてみたり、ピンク色のゴムで髪をしばってみたり、最大限のお洒落をかますが、将来のことを考えると、ノボトウの生徒であるほうが安全である。

中学生時分のお洒落心は、ロクな結果をうまない。目立ちたいという思いだけが背中を押し、「個性」を完全に、はき違えさせてしまうからだ。

女子の間では、仲の良い者同士、靴下を片方ずつ交換するのが流行《はや》っている。危険だ。ピンク色の靴下と黄色い靴下を穿いた足が、廊下を闊歩《かっぽ》している、という具合。また、ヘアゴムで大きなリボンを作るのが流行っている。危険だ。遠くから見ると、虫の触角がダウジングよろしく、何かを探しているように見える。

登北小学校の卒業生は、住んでいるエリアで、ノボセイに行くか、ノボトウに行くか分けられるのだが、こっことぽっさんはノボセイであった。ぽっさんは、個性の間違った解釈人であるノボセイの生徒を見ながら、こっこに言ったものである。

「こ、ことこ。の、ノボセイ行ってな、い、いきって、派手な靴下とか、や、やかましいゴムとか、に、手出すのんは、や、やめとけよ。お、大人になってな、し、写真み、見たらな、絶対に、ここ、後悔するからの。」

こっこは、それを大切な格言として、胸にしまっておいた。

「こ、個性いうもんは、も、目的にしたら、あかんのや。」

ときどき、ぽっさんが神様に見える。

理子の恋人は「個性」をはき違えた生徒、派手な靴下に手を出してしまうクチである。男子バスケットボール部の森上《もりがみ》。短い髪の毛を、変な風にワックスで固めている。ちょーちょーちょー聞いてくれや俺なぁ、などと大声で発言、皆の注目を集めておいて、

「遅刻しそうになったわ。」

そう普通のことを言ったり、結論言うとな、としたり顔の後、

「昨日歩いとったらなー、」

と話し始める。それなのに、自分は皆に注目されてしかるべき人間、挙句、大変に面

白い人間である、と思っているのだ。

「なんで森上と付き合うてるん。」

眞子、朋美は、森上のＩＱの著しい低さを知っている。彼女らが問うと、理子一言、顔や、と答えた。

「顔よかったら阿呆でもええねん。」

「せやかて、森上って怖なるくらい阿呆やん。」

「この前太閤秀吉のこと、大概秀吉て読んでたで。」

「一文字の卵と二文字の玉子と混じったんか、卵子って書いてた。」

「阿呆や。」

「阿呆よ。」

ふたりとも、大切な姉妹の恋が気にかかる。もしかしたら、自分たちの義理の兄になるかもしれないのだ。だが、理子はどこ吹く風、それどころか、

「この前森上と水族館行ったらな、鮪《まぐろ》の水槽見て、めっちゃ魚やん、言うてたで。」

などと、それを楽しむ余裕すら。森上の阿呆を、まさかの「可愛らしさ」ととらえているのである。大変に救い難い、理子の恋だ。

こっこも森上のことは知っており、石太と共に、その阿呆を軽蔑している。

初めて森上が家に遊びに来た時だ。居間に鎮座する円卓を見て一言、

「めっちゃ円卓ですやん。」

石太は森上の放つ、ふにゃふにゃのミミズのような文字や、もこもこした丸文字を、ぼっこぼこにしばき、ベランダからほかした。遠くへ。

「理子が連れてくるあの男は精神性がやかましい上に、あかん穴が阿呆ほど空いて。」

歯に衣着《きぬ》せぬ石太だが、理子はどこ吹く風だ。

「せやろー。でも顔がー。」

紙子の図太さ、詩織の阿呆の美を、全身全霊で受け継いでいる理子は、美人で最強なのだ。

同席していたぽっさんは、こっこに耳打ちをした。森上は寛太に似ている。

「れ、歴史は、く、繰り返すんや。」

石太も、ぽっさんのことだけは認めている。ぽっさんの放つ文字は、歌うようなリズムがあり、黒々と光る、たゆたう、はにかむ。

ぽっさんは、賢い。

自由な校風は、昼休みにも影響している。通常中学生は、学級内で給食を食べるもの

だが、ノボセイには学食や売店があり、生徒らはどこで弁当、パンなどを食べてもいいことになっている。

それを利用し、三つ子は毎日ご飯を一緒に食べることにしている。狭い家で四六時中顔を突き合わせているのに、飽きないのはすごい。同じ顔だからだろうか。思春期の少年少女が、自分の顔をずっと鏡で見ているような感覚なのかもしれない。

それにしても、と、皆思う。何をそんなに話すことがあるのか。

「内緒やで。」

中庭の花壇に並んで座り、朋美が取り出したのは、あのジャポニカだった。

「あ！　こっこのんやんか！」

「なんで朋美が持ってるのんな！」

「布団畳んどったら落ちてたんよー。」

三つ子は、詩織が握ってくれた握り飯を食べている。おかずは無い、というよりも、握り飯の中に、おかずが詰め込まれているのだ。鮭、玉子、ウインナーなどの他、おでんのこんにゃく、お好み焼き、カレーのじゃがいもなどが詰め込まれている大胆さには、皆驚きである。しかし、同じ顔の美人三人が、大きな口を開けて握り飯をほおばっている様は悪くない、というより、いい。きらきらしている。

「これな、どうしても刺繡しとうてな、持ってきてしもてん。」

「刺繡て、朋美、この蟻を刺繡するのん。」

「せや。」

「どこに。」

「おばあちゃんに三人でベレー帽あげよう言うてたやろ。」

「うん。」

「水色のやつな。」

「その横っちょんとこにな、これ刺繡したら格好ええな、て思うねん。」

「この蟻を。」

「うん。」

「帽子の横に。」

「うん。」

「…………。」

「…………。」


理子と眞子、握り飯を口に放り込むのも忘れ、茫然と朋美を見る。空は青く、雨の気配微塵《みじん》もなく、もうすぐ夏である。

「……それ、めっちゃええやん。」

「めっちゃええやん！」

「せやろ！」

三人、握り飯を、空に放り投げたい気分だ。

水色のベレー帽に刺繍された、黒々とした蟻、脚には立派な毛が生えていて、触角が動き出しそうな。それを嬉々として被る渦原紙子。最高だ！

「あんた、まじでセンスあるなぁ！」

「ほんまやわ、うちらやったら到底思いつかへんで！」

「えへへへ。」

理子と眞子に左右から肘《ひじ》でつつかれ、朋美、うっかり握り飯を落としてしまうが、すぐに拾ってほおばる。蟻がくっついていたのだが、気にせず食う。食う。これからそれを刺繍しようとする女だ。めっちゃ強いで。

「この蟻なぁ、この蟻をなぁ。ベレー帽になぁ！」

「ええなぁ！　はよ見たいなぁ！」

「じゆうちょう中見てみよっか。」

「せやな。」

朋美が、米粒のついた手でジャポニカを開いた。こっこの『だれおもあけることならぬ』の掟《おきて》は、このような理由なき経緯で、簡単に破られてしまった。

「字の濃さよ！」

「ここなんか筆圧強すぎで破れてるやんか。」

「これほんまに鉛筆？　筆で書いたんとちがうん？」

三つ子まずはこっこの筆圧、限りなくゴシックに近いその文字の形状などについて、ひとしきりはしゃいだ。

「一ページ目に『こどく』って書いてるで。」

「こどくって、あの孤独？」

「せやろ。」

こっこが一番欲しているもの、「孤独」が、ノートの頭にくるのは必然である。そのほか。

**『　たっちんのおばあちゃん　めにえるびょう　くらくらする**
**ヘレンケらー　さんじゅうく　目がみえひん　耳きこいひん　あとなんか**
**ぼーとぴーっぷる　ぽるっぽと　ぐうえん、ばん、ごっくです**

**ぽっさんにきくこと**
**①クオターとはなにか　②人のくろうのみつの味　③あとなんか**
**まいにちまいにちぼくらはてっぱんの上で焼かれていやになります　とさけぶ歌**

**ししゅんきはだれにもやってくる**
**おまえにもおまえにもおまえはだれだ**
**ししゅんきです**

**ウオークインクロゼットは、入ってゆくタンスやで**

**せいり　血がでる。またの間から血えき。**
**ふとんをほりだしている　なぜならいらないから　われわれはふとんいらない』**

三つ子、乗り出すように見るこっこのジャポニカ。

顔を見合わせる三人は、同じにおいだ。詩織が作った握り飯の、ツナウインナーごはんの、その健やかなにおいである。

「……かわいー。」

「ほんまや、めっちゃかわいー。」

「こっこ、かわいすぎー。」

妹の拙《つたな》い、濃い濃い文字が、三人をくすぐる。はは、意味はどうでもいいのだ。耳を撫でる、目に触れる、唇に訪れるその何かが、彼女らを何らかくすぐったら、それでいい。世界の意味なんて、いらないのだ。十四歳の三つ子。それだけ。

昼休み終了のチャイムが響いた。

五時間目が体育の理子は、焦《あせ》って立ち上がる。まぶしい膝の裏。六時間目を挟んでの部活はきついが、頑張るつもりだ。眞子の五時間目は国語、まだまだ読めない漢字がいっぱいだが、なんとなく分かる。なんとなく。朋美の心は五、六時間目を超えて、部活動に飛ぶ。刺繍刺繍、刺繍。指がもう、疼《うず》く。それは、性の目覚めと似ているような。

空は青く、雨の気配微塵もなく、もうすぐ夏である。きらきら。

「ただいまー。」

寛太の帰宅は六時半。

帰宅早々風呂に入り、缶ビールを一本飲む。三つ子もその頃には部活を終えて帰っており、家族揃っての夕食である。

今日は麻婆春雨茄子豆腐と、トマトにわさびマヨネーズ、水茄子の漬物と、じゃがいもとニラの味噌汁だ。春雨と茄子を混ぜるから結局豆腐ぐちゃぐちゃ、であるが美味しい詩織の料理は、基本的にかさ高い。例えば肉じゃがには豚、いも、人参以外にブロッコリー、ゆで玉子などが入るし、週一度は冷蔵庫の中身を総ざらいにしたカレーである。すべて一皿にどかんと盛ってあるが大丈夫だ。なぜなら円卓だから。皆にゆきわたる、渦原家の食卓。

「いただきまーす。」

寛太、ビール一本だけで赤くなる。それはみっともないが、くたくたに仕事を終えて帰宅、飲み物を我慢して風呂に入り、さっぱりしたところで飲む一杯、というのは絶対に美味いだろうな、と、三つ子でも、こっこでも思う。もちろん、一度飲んだことのあるビールの味は、苦い、まずい、だけであったが、寛太の飲むさま、その後の、「かーっ！」や「くーっ！」は、渦原家では「至高のか行」と呼ばれている。

家族八人を養っている男だ、ビールの味を楽しむことにおいては、誰にも負けない。

それは、石太も認めているところである。

石太も昔、あんな風にビールを飲んでいたことがあった。九人家族を養う男だったのだから。印刷工の渦原石太。毎日、手を真っ黒にして帰宅、家に風呂はなかったが、紙子が湯を張った洗面器を用意してくれていた。それで手と顔を洗ってから、皆で銭湯に行くのが日課であった。末っ子の寛太は、銭湯で紙子と別れるとき、泣いた。小指のような性器をぶらさげ、顔を真っ赤にして泣きじゃくる寛太が、今でも石太の中の息子だった。その息子が今、喉を鳴らしてビールを飲んでいる。円卓の顔ぶれを養う。

石太は若い頃から、文字が好きだった。だから、文字に携わる仕事をしたかった。作業そのものは、石太の望むアカデミックなものとは程遠かったが、自分が刷りあげた言葉を見るのは、それが書籍ではなくても、幸福であった。

「マッチ」「美味しく召し上がれます」「ヨードチンキ」「一家にひとつ」。

人が書いた文字も好ましいが、石太は印刷された文字が、このうえなく好きだ。明朝、ゴシック、行書。特性を失った文字であるからこそ、速度がある。どこまでもゆく。誰にも平等に。素晴らしい、インクのにおい。

「仏滅。」

石太、ノスタルジーにかまけ、思わず日めくりカレンダーを音読してしまった。仏滅、という言葉さえも、石太には愛しい。

「フルフェイス？」

「うるさいぼけ。」

やはりデリカシーの欠片《かけら》もない紙子であるが、水茄子は、美味しい。絶妙の、漬かり具合。

「こっこ、矢内君て知ってるか。」

「やうち？」

「そう、矢内君。その子んちにお父さん、今日工事行ったんやで。」

「やうち……、あ、ちゅーやんや。」

ちゅーやんは有名な家電量販店カネホシ電機社長の息子である。とはいえ、母親は正式な妻ではない。石太いわく「お妾《めかけ》さんの子」だということだが、そのことをちゅーやん本人に言うことならぬ、と言われている。

「いろいろ複雑なんや。」

こっこは、ちゅーやんのことも羨んだ。

ちゅーやんは黒目しか見えない点の目、団子鼻、たらこ唇、という漫画顔である。太いマジックですぐに描けるような単純な顔をしておいて、「いろいろ複雑」な家に生まれるとは、何事か。

「そうか、ちゅーやんいうんか。」

やうち、を反対から読んでちうや、それでちゅーやんである。そのことを、こっこは忘れていた。というより、苗字自体を忘れていた。「いろいろ複雑」な、ちゅーやん。

「あのマンションに住んでんねんなぁ駅前の。」

「え、ホステスんち？」

ちゅーやんのマンションは駅前にある高級高層、通称「ホステスんち」。夜の仕事をしている女性がたくさん暮らしている、マンションである。

「ああ、あの子か。」

ちゅーやんは地域でも有名である。何せ、父親がカネホシ電機の社長なのだ。そしてもちろん、ちゅーやんの母が正式な妻でないことも、有名な話である。ちゅーやんの母は、ウサギのようなつぶらな瞳、口も小さく、全体的に小作りだ。夏でも冬でもショールのようなものを首に巻いており、しゅるしゅると空気の抜けたような話し方をするので、「喉に穴が空いている」という噂がある。

「いうて金持ちは違うで。ウォークインクローゼットって、俺初めて見たわ。それだけでも、この部屋くらいあったからなぁ。」

「ふたり暮らしやろ？　なんでそない衣装があるんやろか。」

詩織、金持ちの洋服を衣装と呼んでしまう、そのような傾向がある。臆しているのだ。

「ふたりて、部屋五つくらいあったぞ。あんなもん、寂しいで実際。」

「五つ。」

「ほんなら本妻さんの家、どれくらい広いんやろうなぁ。」

「そらすごいやろ、カネホシ電機の社長やねんから。」

「お父さん、家電すごいのん使ってた？」

三つ子も、ちゅーやんの家に興味津々である。

「そら立派やで。俺は洗面台の水道直したからな、洗濯機見たけど、あれや、あのー、横っちょに扉ついてるやつ。」

「ドラム式や！」

「ドラム式！」

「二人分の衣装洗うだけやのに、そんな大層なんいるんかなぁ。」

詩織、やはり衣装と言ってしまう。臆すな。

「いやそら、カネホシ電機のお妾さんの家や、滅多な家電は使われへんやろ。」

「せやんなぁ。」

「ええなぁドラム式！」

「何言うてんのん眞子、あんた洗濯なんかせーへんやないの！」

「ドラム式やったらするわ。」

「嘘つきなさい。」

「眞子、今ドラム式って一生分言うてるよな。」

「ほんまやな。ドラム式。」

「どらむ式て何ぞ。」

「いやおばあちゃん、知らんのん。ドラム式。ドラム式いうたら、なんや、えーと、何なんやろか。」

「ドラムみたいに叩いて洗うんちゃうん。」

「せやせや。だから水とか洗剤も少なくてすむんよ。」

「ほうん。」

こっこは、不機嫌である。ちゅーやんの話題が出てから、終始。

自分の父親が、同級生の家の水道修理に行く、という状況が嫌なのではない。皆の会話の中にある、「金持ちやいうても複雑な状況にいるちゅーやんは孤独」という、そこはかとない憐れみの気配に、先刻から気付いているのである。

「いうて俺ら貧乏やけど、家族仲良し、幸せやんな！　なー！」

という家族の雰囲気。それにこっこは反発する。なにがおもろいねん。

こっこは、「複雑な家庭」に生まれ、ドラム式の洗濯機か何かを操作しながら「いうて孤独やわ」と言いたい。五つある部屋のどれかにひとり佇《たたず》んで、「いうて孤独やわ」と、言いたい。

「いうて孤独やわ。」

ひとり部屋にこもり、孤独を骨の髄まで味わって、きゅうきゅうに苦しんで、そして、ひっそり涙したいのである。

こっこの前で、円卓がくるくると回る。麻婆春雨茄子豆腐も、残りわずか。なんたる健やかで、デリカシーのない食べ物であろうか。大家族の幸せそのもの、ではないか。なにがおもろいねん。

「仏滅。釈迦の死。入滅。」

家族の賑々しさを疎《うと》ましく思う石太、辛抱たまらんなって呟く。日めくりカレンダーの文字は、HGP明朝Bである。

皆はドラム式の話から、ドラム奏者の話に移行している。デブやないとあかんやろー、食いしん坊やないとイメージが。あだながチャーハンとかな。せやなー。

釈迦は何度も死ぬらしい。ここは、孤独になりたい。

香田めぐみさんの眼帯が取れた。

一週間ぶりに現れた香田めぐみさんの左目は、きらきらと光り、まるで早摘みの葡萄《ぶどう》のようだった。眼帯の香田めぐみさんも素敵だが、両目で笑う香田めぐみさんも、やはり素敵だ。

こっこの眼帯は、いつの間にかこっこの作品である「六本指の河童《かっぱ》の手のひら」にひっかかっている。白くて光る。それがあって初めて、ひとつの作品になった。意義はあったのだ。

今日は、月初めの学級会である。夏休み前の最後の会、テーマは、

『学級で生き物を飼うかどうか』

これは、こっこが以前から推していた議題であった。生き物が大好きなのである。

悲しいかな公団住宅は、生き物の飼育禁止だ。もし可能であったとしても、家族八人ぎゅうぎゅうに暮らしている渦原家には、これ以上の生き物を養う余裕は無い。それは詩織の無言の抑圧であったし、こっこもそれに反発するほど子供ではなかった。

時折、石太の部屋にある「動物図鑑」を広げては、ああ、とため息をつくという、回り道な手段で詩織に訴えかけることはするものの、

「生き物を飼える環境に！　生き物を飼える環境に！」

などと声を荒らげることはしなかった。こっこは八歳にして、渦原家の経済状況を把握していたのだ。これ以上口のついた生き物を増やしてはならない。なぜならおおむね、低所得だから。

だが、こっこは生き物を飼いたい。生き物の世話をしたい。

ふわふわの塊を撫でたい。ふわふわの塊を抱きたい。ふわふわの塊になつかれたい。

「私たちの言うことは全然聞かなかったのに、渦原の言うことだけは！」

そう言われたい。

「あれだけ凶暴であったのに、渦原が見つめるとどう、こんなに大人しく！」

そう言われたいのだ。

「森へお帰り。ほらね、怖くない。」

こっこはいつか、巨大化し、凶暴化した猛獣を森に帰すのである。

だから、その日の学級会は、相当の気合でもって臨《のぞ》んだ。

こっこはぽっさんから、この要求を学級の皆に呑ますためには、「生き物を飼うことで命の有難さが分かる」というような教訓めいたことを提示するのが良い、という知恵を授かっていた。決して個人的な嗜好からこのように言うのではないのだ、ということを、皆に分かってもらわねばならない。

そのため、ぽっさんから再三言われていたのが、

「れ、れ、冷静にいけよ。」

決して興奮し、声を荒らげてはならない、ということだった。あくまでも静かに、山の神様然と。命って素晴らしいんだよ、命をはぐくむ大切さ、皆で分かち合いましょうよ。

ここは何度も練習したそれを、いよいよ始めるのである。

「みんな、手のひらを胸に当ててみてください。」

皆、こっこの言うとおり、手を胸に当てた。九歳はまだ素直だ。

「心臓が動いてるのが、分かるでしょう。」

皆、うなずく。表情、雰囲気、こっことぽっさんの計画通りである。

「これが、(いち、に、さん、)命なんです。」

ぽっさんは、効果を増すため、「これが」と「命なんです」の間を、三秒空けるのが良いだろう、と言った。「なんです」の「す」も、「SU」というより、「S」という感じで、空気にゆだねるように。ぽっさん熱心、なぜならぽっさんも、生き物を飼いたいのである。

「命の大切さ、私はみんなと分かち合いたいんです。」

分かち合う、という言葉、こっこ初めはどうしても「かち割る」と言ってしまっていたほどの無知。だが今はどうだ、美しいHGP明朝Bを、お口からなんぼでも出す。

「生き物を飼うことで、命の大切さが、分かると思うんです。」

ふあーあ。クライマックスにて、ジビキがまさかの欠伸、昨晩恋人に前世の話を聞かされたのである。彼女、前世はインディアンの首長の娘であったそうだ。一重だ。辛抱強いジビキも明け方やっと立腹、もう堪忍してや、の一言に恋人、

「私たちは前世からの縁である。」

それで心が折れた。ジビキはインディオの勇敢な戦士であったそうだ。奥二重だ。

ジビキを睨むこっこの気を引きたいのか、はい、とちゅーやんが手を挙げた。

「でも生き物飼わんでも、命の大切さいうのんは、こうやって胸に手当ててるだけで分かるんとちがいますかー。」

「うるさいぼけ。」

こっこ、条件反射で罵倒。ぽっさん心中、あかん！　こ、こ、ことこ、れ、冷静にいけ。

「うるさいぼけって何ですかー。そんなん言うたらあかんと思いますー。」

ちゅーやんの挙手はむかつく、指をひらひらさせるのだ。いや、挙手だけではない。ちゅーやんは、何から何までむかつく。

「いろいろ複雑な家」に生まれ、「金持ちなのに孤独」、せやのになんでその安易な顔。挙句ちゅーやんち、生き物の飼育が可能！

「うるさいぼけうるさいぼけ！」

ここは抑えきれず、ちゅーやんに怒鳴り出した。

「うちは、生き物が、飼いたいのんじゃ！」

ぽっさんは、ここにタオルを投げたいと思う。こ、ことこ、そ、それ言うたらあかん。

生き物を飼うことに賛成の色を見せていた児童らも、ここの気色《けしき》にひるむ。始まった、ここの狼藉《ろうぜき》、悲しいかな有名なのだ。

「うちは生き物が飼いたいのんじゃ、なっついたら可愛らしやろが！」

「発言がある人は手ぇあげてください！」

学級委員の朴《パク》君も、必死である。キレたここは手がつけられないこと、彼は知っているのだ。

香田めぐみさんの次に大人な彼、父親が大学教授、であるが、ただいま女子学生と関係があったかどで、休職中だ。朴君の母が家から追い出し、別居中である。左目の下に知床半島のような痣《あざ》、美少年だ。

「儂も飼いたいわ！　子犬がええの、ちっそーてやーらかいやっちゃで！」

ゴックんが満を持して発言、興奮しているようだ。

「発言がある人は手ぇあげてください！」

「動物嫌いな人とかのこと考えてへんやんかー。」

「発言がある人は手ぇあげてください！」

「そもそもなんで飼うんやったら犬て決まっとんねん。」

「ほんまやわ僕は猫が飼いたい。」

「猫こそアレルギーの権化やないか。」

「ごんげて何でっか。」

「かたまりや。」

「発言ある人は手ぇあげてください！」

「ほな鳥もええど。」

「鳥はあかん、羽毛の具合がなんとも悪い。」

「ぐあいて何でっか。」

「かたまりや。」

「すぐに抜けそうで気色が悪いねや。」

「発言ある人は手ぇあげてください！」

「それよか誰が面倒見るんな。」

「うちが見るがな！」

「ほんだらお前んちで飼えや。」

「公団住宅は飼われへんのじゃぼけ。」

「発言ある人は手ぇあげてください！」

「夏休みとか誰が見るんな。」

「うちが見るがな！　うちが見るがな！」

「だからお前んちで飼えや。」

「先だって言うたやろが、公団住宅は飼われへんのじゃぼけが。」

「こ、こ、こ、ことこ、おち、落ち着け。」

「犬てうんことかするやんか。」

「うんこ臭いのんあたしいややわぁ。」

「うんこ！　うんこ！　うんこ！」

「発言ある人は手ぇあげ、あ、あ、」

そのとき朴君の顔が、真っ青になった。胸に手を当て、目を大きく見開いている。

「あ、あ、あ。」

こっこは、朴君の様子を見て、我に返った。

「朴君を見てみなさい、胸に手ぇ当てて！　それが、いち、に、さん、命なんです。」

軌道修正が出来て嬉しいこっこであるが、朴君、それどころではないようだ。

「あ、あ、うーあー。」

「どないしたんや朴！」

ジビキが駆け寄る頃には、朴君は壇上にしゃがみこみ、あえいでいた。

「朴君！」

「どないしたん！」

「真っ青やんか！」

「死ぬんか！」

「うんこ！　うんこ！　うんこ！」

三年二組の騒ぎを聞きつけ、他クラスの教諭児童も、教室を飛び出して来た。

「救急車呼ぶからの！」

ジビキは、朴君を皆に任せて走った。徹夜でも大丈夫、ジビキは体力がある。前世戦士だもの。

「朴君、大丈夫？」

「朴君！」

壇上に集まる皆を、こっこは茫然と見た。駆けだせなかった。ただただ、ずっと呟いている。

「それが、いち、に、さん、命なんです。それが、いち、に、さん、命なんです。」

うんこを叫び続けているのは、鼻糞鳥居である。そら嫌われる。

うやむやになった学級会の興奮冷めやらず、国語の授業が遅れて始まっても、三年二組の児童は、教室内をうろうろと歩き回っていた。はたから見れば、ちょっとした学級崩壊、しかしジビキは、どこ吹く風だ。

「えーと、朴は不整脈でした。」

こっこは、席にしがみつくように座っていた。ジビキの口から、新たに魅惑的な言葉が飛び出すに違いない。その予感に、すがるような気持ちであった。そんな折の、

『ふせいみゃく！』

朴君は尋常ではなかった。顔面蒼白になり、壇上に伏した彼の様子は、いまわの際《きわ》のそれであった。

『ふせいみゃく。恐ろしい病気や。よもや不治か。』

こっこ、興奮に震える。

『羨ましい……！』

ぽっさんも、きちんと席に座っている。

「ふ、ふ、ふせいみゃくて何なん！」

「不整脈いうのんはな、心臓打つリズムがな、いつもと変わってしまう病気なんや。速なる人もおるし、遅なる人もおる。」

「朴君はどっちやったん？」

「なんでなん。」

「朴は速なってたんや。」

「うーん、原因ははっきりせんのや、急になるもんやからな。なんていうか、ちょっとしたパニックの症状らしいんやけどの。」

「え。」

パニック。

新しい単語に、皆また夢中になる。何それ、どんな病気、外国のやつけ、などと、香田めぐみさん眼帯時の興奮再び、もはや自分の席を、忘れてしまった。

「ぱ、ぱ、パニックて何や。」

「なんていうか、焦るいうんかの、人が多いとことかで、急に怖なって慌てたりしんどなったりして、それで心臓のリズムが狂うらしい、先生もよう知らんねんけどの。」

「ほ、ほんなら、お、俺らのせいなんか。」

「いや、そうやないと思うで。不整脈は急になるらしいから、まあ、朴もちょっと興奮したんかもせーへんな。」

「興奮したらあかんのけ？」

「うーん、まあ、そないよくないかもしれへんなぁ。でもほんまに、原因が分からんのや。先生も、もっとちゃんと不整脈のこと勉強せなあかんな。」

「朴君は？」

「今日は家に帰った。」

「これから学校休むん？」

「いや、休まんよ。でも、いつまた不整脈なるか分からんからな、みんな朴に注意しといたってくれよ。」

「分かりました！」

皆、久しぶりの敬語だ。だって、大人に頼られるのは嬉しい。その大人が不安げであると、尚更《なおさら》だ。挙句、頼られる内容というのが、同級生の病に関わることだなんて、これは責任重大である。

一方こっこは、責任云々ではなく、ジビキに伝えられた言葉に、完全に囚われていた。

『ふせいみゃく……。パニック……。』

これは是非にメモを取らなければ、と勇んで手を入れた机の中、馴染みのジャポニカが無い。すわランドセルの中か、と、開けるも空。

朋美、こっこのランドセルや布団の下に、ジャポニカをひっそり返すことを忘れていたのだ。というより、刺繍に夢中になり、家庭科室にそれをずっと置きっぱなしにしている。こっこの大切なノートということは念頭になく、すでに、資料としての機能。

「ジャポニカがない！」

「びっくりしたー、どないしたんや渦原。」

「うるさいぼけ！」

こっこ、ジャポニカは一週間前からなかったんやで。しかし、メモをするような印象的な出来事がないままの七日間、ジャポニカの存在は、頭の中からすっかり消えていたのである。

「ジャポニカがない！」

「何がないて？」

「ジャポニカやぼけ！」

授業そっちのけ、皆、机の中、ランドセルの中、を探させられる。こっこは席を立ち、教室内をジャポニカ求めて歩きまわった。やはりちょっとした、学級崩壊である。

「ない！　ない！　ない！」

もはやこっこが完全にパニック、それを見たもーたん、

「こっこが、ふせいみゃくになるぞ！」

「ぱにっくや！」

こっこは、はっとする。

これ？　これが不整脈？

こっこは、完全にその気になった。強く、胸を押さえる。悪い気分ではなかった。ていうか嬉しかった。そうだ、自分は、ぱにっく、そしてふせいみゃくである。かわいそうなわたくし。不治の病の。

「うう、ううう。」

教室の真ん中でしゃがみこむと、学級の皆が、騒ぎに騒いだ。ああ苦しい、苦しい、かわいそうなわたくし。孤独、孤独。

気持ちええ。

「せんせーこっこもふせいみゃくやー。」

「ぱにっくやー。」

「うんこ！　うんこ！　うんこ！」

ジビキがこっこに近づいて来た。静かに。いつものジビキと少し違うようだ、と、こっこは思う。他の皆は気付かないようだが。なんだろう。ジビキはこっこの手を持って、立たせた。乱暴ではなかった。

「渦原。お前はちゃうやろ。」

あれ、とこっこは思った。

ジビキ、怒っているのではあるまいか。

「ははは！」

「こっこ嘘つくなやー。」

皆は、ジビキの静かな「つっこみ」に笑った。しかし、こっこは、不穏な空気を感じていた。

「席に座れ。みんなも座れよー。えーと、渦原のノート出てきたら言うようにな！」

そう言うジビキは、完全に、いつものジビキである。皆も、気付いていない。

しかし、あの目、こっこを見たあの目は、いつものそれではなかった。

こっこ、席につきながらも、考える。分からないまま、教科書を広げる。なんか、めっちゃ恥ずかしい。なんか。

こっこの心臓はどきどきという。だがそれはきちんと、規則正しい。


放課後、ぽっさんとゴックんと香田めぐみさんとで、朴君の家に行くことにした。

ゴックんと香田めぐみさんは、その日の日直であった。香田の「こ」ゴックの「ご」、出席番号が近いのだ。

そのため、授業のプリントや連絡用紙を朴君に持って行ってくれ、とジビキに頼まれた。その道行に、ぽっさんとこっこが、勝手についてきたのである。

「朴君ち、めったくそごっついんやで！」

「か、か、金持ちか。」

「せやで！　塀がばーっとあってやな、屋根もだーっとしとってやな、玄関の階段ぶーんとあってやな！」

ゴックんは、こっこと香田めぐみさんが一緒に歩いていることが嬉しいのだ。何せ、クラスで一、二を争う美女だ。はりきって使う擬態語が、舞う舞う。

「そら朴君もあないな家で育ったらしゅうっとしよるわな。朴君のしきり、ばきーっとして気持ちええからな！」

こっこは、眼帯仲間であったはずの香田めぐみさんのランドセルを、ぼんやり見ている。

おろしたてのようにピカピカした赤、こっこのぼろぼろのそれとは、大違いだ。

「うち今日な、ふせいみゃくになったやろ。」

こっこは、国語の時間に不穏なものを、そして羞恥を感じた自分を、まだ解せないでいた。ゴックんは、こっこがやっと言葉を発したのが嬉しいのか、ますます興奮する。

「何言うてんねんな、こっこはふせいみゃくとちゃうやろーしかしあの物まねは傑作やったでほんま、わーっとわいたな学級が、学級が。」

「物まねとちがう、ほんまにふせいみゃくになったんや。」

香田めぐみさんも、ぽっさんも、黙っていた。

「でも、ジビキにお前はちゃうって言われて、うち、なんていうか、なんか。」

「ジビキのあのつっこみも傑作やったな、な。すぴーっと言いおったからな、な。」

こっこは、ゴックんを無視して、ぽっさんと香田めぐみさんを見た。ふたりはやはり、黙っている。

「なんていうか。」

それ以上、なんて言っていいのか、こっこにも分からない。だから、黙る。ぽっさんも、香田めぐみさんも、こっこが何を言いたいのか、なんとなく分かる。

「うち、ほんまにぱにっくになってん。ほんまに。」

ゴックんは急に、珍しい木の実だ、そう言って、走り出した。期せずして空気を読んだ行動を取ってしまうゴックんは、ご存じ、天性の人気者である。

「こ、ことこ、わ、分かるで。」

ぽっさんが、前を向いたまま、ぽつりと言った。こっこは少し安心して、ぽっさんの猫背に揺れるランドセルを見た。こっこのそれに負けないくらい、くたびれている。背中に大きく、「寿」の文字、白いマーカーで、石太に書いてもらった。ぽっさんのお気に入りである。

「朴君、元気になってたらええね。」

香田めぐみさんが言った。左目が、綺麗に澄んでいる。

こっこは、香田めぐみさんのことが好きだ、と思う。

朴君の家は、ゴックんの言うとおり、ずいぶんな豪邸であった。

コンクリートの壁は二軒分ほど延び、大きな木が覗いている。雑誌ほどある大理石の表札には、「朴秀然《スーヨン》」と書いてある。石太も喜ぶだろう、立派な字体である。念のため、表札を舐《な》めておいた。

「こっこちゃん、どんな味する?」

「石の冷たい味がする。」

「へえ。」

インターフォンを押すと、ピンポーンなどと軽い音ではなく、うおうおうおうおーん、というサイレンのような音がした。悪いことをしているわけではないのに、四人とも緊張、背筋を伸ばす。

しばらくすると、はーい、と、女の人の綺麗な声が聞こえた。

「圭史《けいし》のお友達?」

誰かが何かを言う前から、そう言われ、皆驚いた。どこかから見えているのだろうか。

「はい。そうです。」

珍しく流暢に、ぼっさんが答えた。入ってー、の言葉と共に、門が自動で開き、皆ぎょっとする。まるで城ではないか。知らなかったが朴君、ちゅーやんの金持ちとは、桁《けた》違いかもしれない。

声の持ち主は、やはり綺麗な女の人だった。エメラルドグリーンのワンピース、短く切った髪は、青いほど真っ黒で、肌がつやつやと明るい。朴君のお母さんにしては若すぎる、と皆思ったが、女の人は、圭史の母です、と笑った。

「朴君にプリントと揚げパン持ってきました。」

香田めぐみさんがプリント、給食の揚げパンを渡すと、朴君の母はありがとー、と言った。少女のような人である。

「圭史二階におるから、部屋行ったって。カルピス持っていったげる。」

二階に、と言われたが、階段を上がった先には四枚ほどの扉があり、どこに朴君がいるのか、皆分からなかった。

「ぱ、ぱ、朴君。」

ぽっさんが呼ぶと、ここやで、と声がする。声のする扉を開くと、朴君が椅子に座っていた。ゴックんも、こっこも、わあ、と声をあげた。

八畳ほどの部屋だろうか。一方の壁一面に棚があり、図鑑やプラモデルが並んでいる。朴君が座っている椅子は、銀色と黒の、大人が座るようなキャスターつきのもので、同じような勉強机と繋がるようにして、ベッドがあった。机の二階がベッド、という風だ。

「すごい！」

こっことゴックんを何より感動させたのが、絨毯《じゅうたん》である。丸くて青い絨毯が敷かれ、毛足がふわふわと長く、そこに、雲みたいな純白の猫が鎮座していたのだ。

「めっちゃ猫やん！」

こっことゴックんが駆け寄っても、猫は微動だにしなかった。頭や体を撫でられると、五月蝿そうに尻尾をぱたぱたと打ちつけるが、逃げる気配は見せない。

「ナムっていうねん、その猫。」

朴君は落ち着いている。さきほどパニックになった人物とは、到底思えない。

「朴君、体大丈夫なん。」

香田めぐみさんは、お行儀よく絨毯の上に座り、猫に触りたいのを我慢している。大人なのである。こっことゴックんなどは寝ころび、猫の体に触れ顔をつけ匂いを嗅ぎ、やりたい放題、朴君のお見舞いに来たことなど、完全に忘れているようだ。

「大丈夫やで、ごめんな迷惑かけて。学級会どないなったん。」

「ほ、ほ、保留になったわ。な、夏休みも近いから、の。」

「二学期になったら、また学級会で決めようってことになったで。」

「そうなんや。」

「なあなあ朴君、この子何食べるん。」

「ナム？　キャットフードとか、ちくわとか、あと、海苔《のり》も好きやで。」

「へえ、今度持ってきてあげてもええ？」

「ええよ。」

こっこは嬉しくて仕方がない。ふわふわとした塊、白くて、柔らかくて、こっこにいつまでも体を撫でさせてくれる。これが、いち、に、さん、命なんです。

「しかし朴君ちめったくそ金持ちやとは思とったけど、ここまでごっついとはなぁ！」

「そんなことないよ。」

「何言うて！　こらちゅーやんちよりどえらいど！」

「そんなん、比べることと違うからな。」

朴君の顔は、まだ少し青い。

「ぱ、朴君、く、苦しないんか。」

「うん。今は全然平気や。あんなん初めてやったから、びっくりしたけどな。」

「息ができひんくなるの？　先生は、心臓のリズムが狂う言うてはったけど。」

「うん、せやな。なんか、どんって大きいのんが来て、びっくりしてる間に心臓がどどどっど、て速なって、後はもう、苦しくて、ほんま死ぬかと思った。」

「死ぬかと思った？」

こっこ、ナムを撫でる手を止め、朴君を見た。

「うん。僕もう死ぬって、思ったで。」

朴君が、まぶしく見えた。

こっこも、自分はふせいみゃくであると思った。ぱにっくであった。しかし、死ぬ、とは思わなかった。どちらかというと、気分がよかったほどだ。結局ジビキの言う通り、「お前はちゃうやろ」だったのだ。こっこは、がっかりしてしまった。

「ええな。朴君。」

いつもは、羨ましがることを恥じているため、そんなことは言わないこっこであるが、この顔ぶれ、しかも柔らかい猫の前とあっては、素直に声が出た。

「なんで?」

「だって、死ぬかと思ったなんて、めっちゃ格好ええやん。」

「でも、ほんまに苦しかったんやで。」

「でも、死ぬかと思うことなんて、普通ないやん。」

「僕、死にたくないもん。怖かったよ。もう二度と嫌や。」

「なんでじゃ。」

「なんで、て。」

朴君は、困ったように香田めぐみさんを、そしてぽっさんを見た。ゴックんは、まだまだナムに夢中である。心なしかナム、体が黒くなったような。

「ええなぁ、猫!」

期せずして空気を読んだことを言ってしまうゴックん。

「儂んちも飲食店やなかったらなぁ！　飲食店いうのんはあれや、衛生いうのんが、一番大事やからの！」

ナム、ゴックんに撫でられるままだ。ぽっさんもやっと、ナムを撫でる。その柔らかさにはっとして、そして、

「しゅわっ！」

くしゃみをした。

「大丈夫？　アレルギーなんかな。」

「だ、だ、大丈夫や。」

「そうや、忘れてたがな！　朴君にあだな考えたんや！」

ゴックん、嬉しそうだ。

「あだな？」

「せや！　朴君とパニックをかけて、『ぱにっくん』や、どや？」

「それ、嫌やなぁ。」

「なんで、めっちゃ格好ええやんか。」

こっこは、困ったような朴君が解せない。ぱにっく、という言葉を、自分の名前に出来るなんて。

「そうかなぁ。ぱにっくんって、僕は嫌やなぁ。いつも通り、朴がええよ。」

「そういえば、朴って名前だけでも、あだなっぽいもんな。ぱって普通名前につかんよな。」

「韓国やったら普通の名前やで。」

「韓国？」

「そうや、知らんかったっけ。僕韓国人やねん。日本人と違うねん。」

「おお、儂と一緒やないけ！」

「なんで、そない日本語ぺらぺらなん。」

「日本語ぺらぺらいうか、僕、日本語しか話されへんねん。」

「おお、儂と一緒やないけ！」

「そうなん、私知らんかった。」

香田めぐみさんも、驚いた拍子に、ナムを撫でた。優しい手つきに感動したのか、ナムはやっと「ぐるぐるぐる」と、音を立てた。

「この音なに？　病気なん？」

ナムの「ぐるぐる」に、こっこはひるんだが、

「違うよ、それは気持ちええときとか、気分ええときに立てる音やで。」

「へえ！　ぐるぐるぐる、て言うんや。エンジンみたいやな。」

「エンジン、せやな。考えたことなかったな。」

　朴君の母が、カルピスを持ってきてくれた。どうぞー、と渡されたカルピスは濃くて、とても美味しかった。

「ゆっくりしてってなー。」

　せやでカルピスは濃くないとあかんで、と、こっこは思う。渦原家、詩織の作るそれも紙子のそれも、極端に薄いのだ。濃いカルピスを作る朴君の母は、やはり、とても綺麗だった。

「ほんなら、あのお母さんも韓国人なん？」

「せやで。お母さんは在日三世やねん。」

「ざいにちさんせい？」

「うん。僕らのこと、在日韓国人ていうねんて。在日は、日本におる、ていう意味。」

「ほんなら儂は在日ベトナム人け？」

「うーん、多分、そうなんと違うかな。でも、僕らの在日、とはちょっと違うんかもせーへん。」

「どう違うん？」

「僕もよくわからん。」

こっこは、新たに聞く朴君の言葉に、興奮する。

「三世って、めっちゃ格好ええやん！　ほんなら朴君は四世？」

「うーん、そうなるんかな。」

「すごい！　王様みたいやんか！」

「王様か、そんな風に言われたこと、お母さんもないと思うで。」

ナムの「ぐるぐる」が大きくなった。そして、とうとう香田めぐみさんの膝で、ごろりと横になった。

「わあ！　ナムがおなかみせた！」

「それって、安心してる徴《しるし》やで。香田さんに、心許してるねん。」

「そうなんや、可愛らしいなぁ。」

こっこはいつも、香田めぐみさんの背中を見ているような気がする。眼帯、成人の受け答え、猫が心許す膝。でも、香田めぐみさんなら、とこっこは思う。彼女は素敵だ。

「僕の名前もな、ほんまは、圭史って書いて、ギュサって読むねん。」

「ギュサ？」

「なにそれ、名前ふたつあるん？」

「うん。」

「なんで。」

「圭史は、日本語読みでな、ギュサは韓国語読みやねん。」

「なんで日本語読みと韓国語読みのふたつあるん。」

「僕ら韓国人やけど、日本に住んでるやろ。だから日本用の名前が必要やったんやて。」

「ほんならお母さんは？」

「お母さんは朋美。韓国の名前はブンミ。」

朴君は、紙と鉛筆を取りだし、「朋美」と書いた。

「朋美と一緒や！」

「こ、こ、ことこの、ね、姉ちゃんや。」

ぽっさんが、すかさず説明をした。

「あの三つ子の？」

朴君にそう言われて、こっこ瞬間ひやりとしたが、すぐに興奮に打ち消された。

「おんなじ名前や、ほんなら朋美はブンミなん？」

「渦原さん、在日と違うやろ？」

「うん。」

「ほんなら朋美さんや。」

ただの朋美とは、やはり凡人である。こっこは腹を立てた。

「なんで韓国人やのに日本に住んでるん？　なんみんなん？」

「おお、儂と一緒やないけ！」

「ううん、難民やないねん。僕んちひいおじいちゃんの代から日本に来てん。ひいおじいちゃんは自分から来たらしいんやけど、戦争で無理やり連れてこられた人、ようさんおったんやで。最初は朴やのうて、岡田《おかだ》ていう名前つけてたんやって。」

「岡田？」

「そう。戦争で無理矢理連れてこられて、名前も日本の名前に変えさせられて、日本語しか話したらあかんって言われたんやって。」

「だから朴君も日本語しか話されへんの？」

「僕は違うよ、僕は生まれたときから日本やし、無理矢理そうさせられたわけとちがう。でも、お母さんが、忘れたらあかんよ、て言う。」

「何を。」

「無理矢理連れてこられた人らのこと。」

ナムが「なむー」と鳴いた。気持ちよすぎてたまらん、という風情である。

「ナムの名前って、鳴き方からとったん?」

「せやで。」

ナム、なむー、なむー、と鳴く。

「お、お、お経みたいで、か、格好ええ、な。」

ぽっさん、「朋美」の横に、「南無」と書いた。ものすごく格好いい字だ、めっちゃ薄いけど。


台所で、詩織が歌っている。茄子と油はとっても仲良し、という自作の歌詞なので、すわまた麻婆茄子か、と皆思ったが、どうやら鶏や野菜を酢醤油で煮たもののようである。家じゅうに酸《す》い匂いが漂い、皆のお腹がぐう、と鳴る。

「ほうこくほうこく、みなさまに、報告があるのよー。」

「茄子と油は仲良しの歌」を終え、詩織、「みなさまに報告がある歌」を歌いだした。だがどうせ、何もないのだろう。茄子も油も本日の食卓に、まったく関係がなかったのだ。

石太は詩織の歌を五月蠅く思いながら、「現代歌人名鑑」を黙読しており、紙子は円卓に箸や皿を並べている。風呂場からは寛太の歌声、下手糞であるが、詩織の「みなさまに報告がある歌」に、似ていなくもない。

三つ子は部活で疲れたおのおのの労をねぎらっている。テレビからはバラエティ番組の笑い声、こっこは部屋で朴君にもらったメモに、新たな情報を付け加えていた。

『朋美　南条

**ぱく君はかんこく人　ギユサともみといっしょでもブンミ　ぱにっくんはいやとのたまう。**』

ジャポニカが無いことが、ますます悔やまれる。こんな有益な情報であるのに、紙一枚のメモでは、あまりにも心もとない。ジャポニカは、どこへ行ってしまったのだろうか。ぽっさんも香田めぐみさんも、きっと出てくる、と言ってくれたが。

こっこはメモを細かく、細かく折った。背中を丸め、必死に紙を折っている自分の様子は、幹成海を思い起こさせた。

幹成海も、何か大切なことを書いた紙、そのことを忘れないように、何度も折っているのではあるまいか。こっこ、興味のなかった幹成海のことが、急に気にかかり出した。あの紙には、何が書いてあるのだろう。

「出来たでー！」

詩織の声と、寛太の「こー」が同時であった。今日は「こ」か。

鶏と野菜を酢醤油で煮たものは、大変美味しい。うかうかしていると、寛太がおおむね食べてしまいそうな勢いである。特に今日は異様に朗らか、歌うのか食べるのか、どちらかにしてほしいものである。

「美味しいなぁ。」

思わずそう漏らす朋美を、こっこは横目で観察した。朋美は美味しくてたまらない、という風に身をよじりながら、酢醤油のあんでぺとぺとになった鶏肉をほおばっている。

『どこまでも、凡人め！』

こっこは、朋美が韓国人であるところを想像してみた。

理子、眞子は日本人だが、朋美だけが韓国人だ。本当の名前はブンミである。顔が一緒なのは運命の大掛かりな悪戯《いたずら》。ひとりだけ韓国人で、本当の子供ではないから、理子、眞子と名前のパターンが違うのだ。

そのような朋美であったら、刺繍が上手いだけの、鶏肉めっちゃ美味しいー、と言っているだけの朋美よりも、もっと好きになってやるのに。こっこは、パラレルワールドの朋美に焦がれる。

「ほうこく、ほうこく。」

詩織が五月蝿い。心なしか、円卓の回転も速く、まあ、何を浮き足だっているのか。

「あの！　報告があります。」

どうやら本当に報告があるらしい。かといって、皆居住まいを正すことなどない。詩織の報告は、大概がつまらないものである。例えば、換気扇を綺麗にしました、家族シャンプーを変えました、ヨーグルトの新しい食べ方を発見いたしました。

「お父さん言うてー。」

「えー、お母さん言うてー。」

いちゃいちゃ、阿呆の夫婦である。石太たちまち鼻白み、水茄子の漬物を咀嚼咀嚼。不機嫌でも、やはり美味しい。

「お母さんに、赤ちゃんができました！」

円卓の回転が、止まった。

大皿は今理子の前、唖然《あぜん》としている。眞子も、朋美も。さすが三つ子だ。驚き方まで同じ。数秒遅れて、まーじーでー、までも。三人合わせた声、のち聞いたところによると、開け放った窓から外に流れ、ぽっさんの家にまで聞こえたそうである。

「あんたら、いつの間に……。」

思わず紙子。いつの間にとは、おそらくいつの間に「ごそごそ」していたのだ、ということだ、この狭い家で！　石太が、紙子を睨む、だが彼も同じ気持ちである。いつの間に。よくもまあ。寛太の小指ほどの性器を思い出す。あんな小さくて、ぷるぷると震えていた性器。泣きじゃくった寛太。

「今、四ヶ月やそうです。」

「予定日は？　いつやっけお母さん。」

「一月四日でーす。」

ということは仕込みは春である。とっさに計算してしまう自分を恥じる石太。しかし紙子、

「ほな春に……。」

三つ子が、大声を出して笑う。すげー、すげー、そういう話が好きな年頃である。しかし実の両親の話となると、しんどいものがあるのではなかろうか。

「すごいなお父さん！」

「えらいがんばったな！」

「何よ眞子、頑張ったって！」

「だってそうやんかー。」

「いくつよお父さん？　すごいなぁ。」

いや三つ子は、平気のようである。ノボセイ、よもや性教育も自由な。

「こっこに妹か弟が出来るんやで。」

家族の狂騒をよそに、こっこは静かに驚いていた。妹が？　弟が？　できる？

こっこ、その点ではまだまだ子供である。恥ずかしいことだが、横山セルゲイの言う、「男のアレを女のアレに抜き差し」の意味も、よく分からないままだ。

赤ちゃんは、意思を持った「何か」が運んでくると思っていた。コウノトリ、などとばかげたことは思わないが、もっと大いなる何か、そう、例えばぽっさんでいうところの寿老人のような「何か」が、選んだ夫婦にあてがうものである、と思っていた。

寛太と詩織、また選ばれたのか。

「こっこ、うれしい？」

こっこは、何も言えない。興奮はしているのだが、嬉しくはない。実感がない、といおうか、詩織の腹をじっと見つめても、命に関する何かがあるとは、到底思えない。うちの妹。うちの弟。それはこっこが、望むものではない。

「嬉しない。」

こっこの反応に、円卓が止まった。

「なんでやのん。」

紙子が聞く。少し、不安げである。

「なんでって、嬉しないねや。全然。なんでみんなそない、喜ぶのんや。」

「なんでて、家族が増えるんは、嬉しいことやないの。」

「なんで家族が増えるんが嬉しいのんや。」

「なんでて……。」

紙子、困った顔で皆を、そして石太を見る。石太は静かに、飯を食うだけだ。

「あんな、」

詩織が優しく言う。

「弟か妹出来てもな、こっこが可愛いのんは、変わらんのやで。」

ちがう!

そんなことはどうでもいいのだ。弟や妹に嫉妬をしているのではない。ただ、家族が増えることは、手放しで喜ぶべきことである、という、決められた反応が気色悪いのだ。そもそも、自分は可愛がられたいと思ったことなどないのである。ちゅーやんに向けるような、「いうてあの子孤独や」「可哀想」という、その憐れみが欲しいのに。妹が出来ること、弟が出来ること。それで沸き立つ家族。

寛太が、言う。

「家族増えたらな、大きい家に引っ越すんやで、こっこ。」

円卓が沸く。わわわわわわ。

「ごちそうさま。」

こっこは、生き物を飼いたい。ナムみたいな、ふわふわの、柔らかい生き物。

弟も妹も、いらない。

夕食後、おのおの沸き立つ家族を尻目に、こっこは、ぽっさんに会いに行くことにした。

「引っ越してどこに？」

「どこやろなぁ。でもとりあえず赤ちゃんが大きなるまではここかなぁ。」

「何やのすぐに引っ越しちゃうのん？」

「いうてお金がほら、赤ちゃん生まれたらいろいろ入用やし。」

「なんやつまらーん。」

「うちホステスんちくらいに引っ越しできるんかと思ったわ。」

「阿呆ぬかせ、引っ越しいうても、あんなマンションちゃうぞ。」

「隣の家空いたらええのにな。」

「あ、ドラマみたいやん！　ベランダから行き来するんやろ？」

「えーやん、それー。めっちゃええやんかー。」

「しかしお父さん頑張ったなぁ。」

「昔は年の離れた子供は恥かきっ子言うたもんやけどの。」

「おばあちゃん、それどういう意味？」

「年取ってから子供出来るのんが昔は恥ずかしいことやったんや。」

「あー。」

「あー。」

「その顔やめなさい。」

渦原家は、五月蠅くてかなわない。

こっこは、ベランダに出た。

「ぽっさーん！」

以前、二人にしか分からない秘密の合図を決めておこうという話があった。しかし懐中電灯を照らすのも、ベランダの柵を鳴らすのも、お互い気付かない、または、すわ合図かと出たベランダ、風の音がそうさせていただけ、ということもあり、結局シンプルに「名前を呼び合う」ということに落ち着いたのである。

「ぽっさーん！」

窓に人影、ぽっさんかと思えば、五つ上の兄さんが出てきた。

「五つ上の兄さん、ぽっさんおる?」

こっこが言うと、

「今風呂入っとる。」

分厚い眼鏡が、街灯で光っている。聡明な五つ上の兄さんは、それ以上何も言わないが、ベランダから引っ込む様子もない。こっこもそのままベランダで、五つ上の兄さんと対《たい》峙《じ》した。

「ぽっさんどれくらいで出てくる?」

「二分くらい。」

「早いな。」

「鴉の行水。」

「何のぎょうずいて?」

「カラス。」

「からすのぎょうずいは、お風呂早いいうこと?」

「鴉が水浴びる様から来ている。」

こっこ、メモをしようとして、ハタと気付いた。ジャポニカは無いのだ。まじでどこ行きよったんやぼけ。こっこ、ため息をつく。

ふーう。

このため息という奴が、こっこは好きである。

どうやら世の中では「ため息」は「あかんもの」とされているようである。テレビなどで、「ほら、ため息なんてついてないで！」というような台詞《せりふ》を耳にすることがあるからだ。こっこは、ため息なんて、の「なんて」に嫌悪を覚える。何「ため息」を軽んじとんねん。

ふう、とか、はあ、とか、憂いの顔でもって息を吐き出すと、体の力が抜け、何ごとにおいても投げやりな気持ちになれる。それがいい。気概をもって物事に対峙する姿勢だけが、素晴らしいことではないはずだ。こっこはため息をつく。つく。

「ふーう。」

空を見上げると、寛太の切った爪のような、下弦の月がでていた。白くて光っている。何かの武器に使えそうだな、とこっこは思う。あれでざくっとやられたら、痛いだろう、さぞかし。

「子供産まれるのんか。」

五つ上の兄さんが、そう言った。

彼から話をすることなど珍しいので、こっこは驚いた。

「せやねん、妹か弟が出来るんやって。」

「妹か弟。」

「なんで知ってるん?」

「聞こえてきた。」

「阿呆ども、声大きいからな。ほーう。」

「ため息か。」

「せや。」

「このタイミングで。」

「ため息好きやねん。」

「そうか。」

五つ上の兄さんと、こんなに話をしたことなどない。こっこは新しい何かを発見したような気持ちであった。

「ほーう。」

五つ上の兄さんの表情は、光った眼鏡からは、推し量れなかった。でも、五つ上の兄さんは、妹か弟が出来るのがうれしいか、というような、ややこしい質問をしないからいい、と、こっこは思った。

「ほーう。」

月は、こっこのため息など置いてきぼりにして、静かである。静かに、光っている。

五つ上の兄さんは、月に似ている。


ぽっさんは、本当に、すぐに風呂から出てきた。

汗を流したところ悪いが、と断って、こっこはぽっさんに、下まで降りてきてもらうことにした。


「ちょっとぽっさんに会うてくる。」

「えー、こっこ、もう遅いからやめとき。」

時計を見ると、八時半である。確かに、小学三年生ふたりが会うには、遅い時間かもしれない。こっこが乞うように石太を見ると、意を酌《く》んだ石太が、儂も行く、と言った。石太がいてくれれば安心だ。日常英会話辞典を一冊携え、こっこと共に扉を開ける。

最近この団地にも「へんしつしゃ」と呼ばれる人間がうろつくようになったそうである。ぽっさんによれば、女の子に「あかんとこ」を見せてきたり、体の至るところを、触ってきたりするらしい。

「もう夏やの。」

石太は、手をつないだり、大丈夫か、などと気遣ったり、とにかくこっこを子供扱いしない。こっこはそれを好ましいと思っており、今も、こっこが心配であるから付き添っているのだ、という雰囲気を微塵も出さず、優雅に夏の気配を楽しんでいる。

外に出ると、ぽっさんが下に立っていた。石太を見ると、嬉しそうに笑った。ぽっさんは、石太のことを、限りなく寿老人に近い人物と思っており、だからこそ、大切なランドセルに「寿」の字を、石太に書いてもらったのだ。

「ぽっさんすまんの。風呂あがりに。」

「え、ええ。冬やと、な、難儀《なんぎ》やけどの。」

団地の前のベンチに腰掛け、だからと言って何を話すでもない。石太は街灯の明かりに日常英会話辞典を広げる。

「こ、ことこんち、こ、子供出来るんやの。」

「せや。五つ上の兄さんから聞いたん?」

「ち、違う。ことこんちから、き、聞こえてきたんや。」

「阿呆ども、声大きいねん。」

「こ、公団中に、ひ、響いたかもしれんの。」

石太が開いたページには、「寿司　ＳＵＳＨＩ」とあった。寿司は英語でも「スシ」なのだ。例文は「人々はすしづめになった。」PEOPLE WERE PACKED IN LIKE SARDINES. スシはどこにもない。欧米人の気まぐれめ。

「うち、妹か弟が出来るねん。」

「め、めでたいやないか。」

「めでたいけ?」

「そ、そうや。」

「なんでじゃ。」

「な、なんでて、命、の誕生は、素晴らしいことや。」

「うちはどうせ命が誕生するんやったら、犬か猫がよかった。」

「そ、そうか。」

「犬や猫、この公団におるうちは飼われへんと思ってたんや。それやのに、赤ちゃん出来るいうたら、あっさり引っ越す言いよんねん寛太。」

「うん。」

「引っ越すんやったら、赤ちゃんやのうて、犬や猫がいい。うちは、弟も、妹もいらん。」

「そ、そうか。」

「あれやで、うちが弟や妹にやきもちやいてるんちゃうか、て思うなや。違うねん。うちは全然、そんなんやのうて、妹も、弟も、いらんねん。嬉しないねん。」

「う、嬉しないのんか。」

「嬉しない。なんで家族がみんな、揃いもそろって、あない阿呆みたいに喜ぶんか、うちにはわからんのじゃ。」

「う、嬉しなかったら、よ、喜ばんでも、ええ。」

「そうか。」

「そ、そうや。」

石太、ぽっさんを頼もしく思う。「頼もしい」は、「RELIABLE」だそうだ。「リライアブル」な、ぽっさんよ。

「ときどき、うちが言うことに、周りがおかしなることがある。」

「お、おかしなる？」

「うん。こっこはなんでそんな風なんやって、思われてる気がする。」

「そ、そうか。」

「今日もそうや。朴君のふせいみゃく、うちは羨ましくて、だから、自分がふせいみゃくになったのんが、嬉しかってん。でも、ジビキ、あれは、怒っとった。絶対。」

「そ、そやな。」

「せやろ？　なんで怒ってたんや。」

「こ、ことこが不整脈違うのに、真似してそうしてる、と、お、思たんと違うか。」

「真似は、真似やった。だって、うち、朴君みたいに、死ぬかもしれへんとは、思わんかったから。でも、なんで怒るんか、分からん。」

「ふ、不整脈は、死ぬかもしれんお、思うほど、しんどいんやろ。それを、健康な、ことこが、ま、真似することが、あかんと、思たんやろ。」

「健康やったら、真似したらあかんのけ。」

「く、苦しないのに、苦しいフリしたら、あかんのやないか。」

「なんでじゃ。」

「ば、馬鹿にしてるように、お、思う人も、おるからや。」

「馬鹿になんてしてへん。うちは、ほんまに、不整脈になりたいんや。」

「こ、ことこの気持ちは、分かる。お前は、ば、馬鹿にしてへん、て、お、俺やったら知ってる。でも、そ、そういう風に思てまう人も、お、おるんや。あんとき、ぱ、朴君はおらんかったけど、め、目の前で、ことこが、不整脈とち、違うのに、苦しい、真似しとったら、ぱ、ぱ、朴君は、嫌な思いをしたかも、せーへん。」

「なんでじゃ。うちは、羨ましいから、やってるのに。格好ええ人の真似するのんが、あかんのけ。」

「お、お前は格好ええ、と、お、思うかもしれへんけど、ふ、普通の人は思わへんのや。ふ、不整脈の人は、しんどいなぁ、て、思てはるんや。」

「普通の人はそう思てはるかしらんけど、でも、うちは、格好ええと思うねん。苦しい、死ぬくらいに苦しい思いするなんて、滅茶苦茶格好ええと、思うねん。」

「うん。」

「でも、あかんのんか。」

石太は、「格好いい　ＣＯＯＬ」という言葉を探し当て、じっと、琴子とぽっさんの話を聞いている。相変わらず、月は白く、ソークールである。

「こ、ことこ。」

「何。」

「む、昔、お前、お、俺の話し方、め、めっちゃ真似したこと、あったやろ。」

「うん。」

「ほ、ほんで、先生に、めっちゃ、怒られとったやろ。」

「うん。覚えてる。幼稚園の頃やろ。ぽっさんがどう思うと思うの、て、怒られた。」

「お、俺はな、お前が、こ、心から、俺、俺のことを、格好ええと、お、思てくれとる、て、分かって、それで、うれしかったんや。で、でもな。」

「うん。」

「そ、それは、お、俺が、お前のこと、よう知っとるからであって、な、やっぱり、真似するんは、ふ、普通は、あかん。」

「なんでじゃ。」

「お、俺の話し方はな、き、吃音いうてな、世の中では、あ、あかんことと、されてるからや。ふ、不整脈と一緒や。け、健康な人が、あかんことを、ま、真似するんは、あかん。馬鹿にしてると、お、お、思われるんや。」

「吃音は知っとる。ぼっさんが教えてくれたやろ。でも、なんであかんことなん。こんな格好ええやんか。」

「お、俺は、お前が、そ、そう言うてくれるから、じ、自分のこと、格好ええって、思えるようになったんや。で、でも、それまでは、お親も、俺の、は、は、話し方を、な、治そうと必死やったし、人に、き、聞き返されるんが、嫌やった。」

「そうなんや。」

「そ、そうや。お、おかんも、俺のこと、可哀想に、て、思てはった。お、俺は、そういう風に思われるんが、い、嫌やった。」

「なんで嫌なん。可哀想って思われるのが、なんで嫌なん。」

「こ、ことこ。それはな、お、お、お前が、可哀想、て思われることが、な、ないからや。」

「うちが？」

「そ、そうや。こ、ことこは、可哀想に、て思われたことない、ないから、か可哀想って思われる人間の気持ちが、分からんのんや。」

「分からん。」

「お、怒ってるんと違うど。」

「分かってる。ぽっさんは、怒ってるんやない。」

「こ、ことこが、ほんまに、格好ええと、お思てても、ほ、ほ、本人は、も、も、ものすごく嫌に思ってることも、あるねん。」

「香田めぐみさんも？」

「も、もらいものけ？」

「そうや。もらいものも、真似したらあかんのけ？」

「ま、真似したい、気持ちは、分かる。が、眼帯は、格好ええから、の。」

「ジビキも怒らへん？」

「せ、せやなぁ、怒らへんかもな。」

「ほんなら、なんで、不整脈は、怒るんや。」

「ふ、不整脈は、し、し死ぬほどしんどいからやないか。も、もらいものは、し、し、死ぬほど、しんどくないから。」

「でも、ぽっさんも、死ぬほどしんどないやろ。」

「せ、せやな。」

「でも、真似したらあかんのやろ。」

「せ、せやな。」

「その違いがわからん。」

「む、難しいな。」

石太はもちろん、すでに「ＤＩＦＦＩＣＵＬＴ」を探し当てている。今、とてもディフィカルトな問題について、琴子とぽっさんは話し合っている。頭のいい子供は、素晴らしい、と、石太は思う。

ぽっさんも、琴子も、考えている。

石太は、その頭を、かじりたい。がりがりと咀嚼し、自分のものにしたい。自分が広げている書物より何より、有益で役に立たなくて立派で阿呆な事柄が、彼らの汗臭い頭に、詰まっているのだ。思いもよらないような、何かが。

「わ、わかった。ほ、本人が、それを、どれだけ嫌がってるかに、よるんと違うか。」

「本人が？」

「ぱ、朴君の不整脈も。香田めぐみさんの、も、もらいものも。本人が、格好ええやろ、て、思とったら、え、ええけど、嫌や、い嫌やって、思てるんやったら、な、何もせんほうがええんと、違うか。」

「でも、それどうやったら分かるん。本人が嫌がってるか、格好ええと思ってるか。」

「そ、想像するしか、ないんや。」

そのとき、イマジン、と、石太が呟いた。日常英会話辞典を開かなくても、イマジンは分かるのだ。

「いまじん？」

「想像する、の英語や。」

「ふうん。」

ぽっさん、寿老人を見る目で、石太を見た。石太はソークールである。もちろん、ぽっさんが「クール」を知る由もないが。

「ぽっさんに、琴子よ。」

石太の声は、風に吹かれても消えない。朗々とした美声である。

「イマジンはな、年取ったらな、分かってくることも、ある。」

「いまじんの意味？」

「違う。相手が、どう思うか、年取ったほうが、分かることもあるのや。琴子は、死ぬのんが怖くないやろう。」

「怖くない。全然。死にたい、と思うときがある。」

「そ、そうなんか。」

「そうや。だから、不整脈も、嫌なことやないねん。格好ええねん。ボートピーップルも、格好ええ。あんな風に、死にたい。」

「ぽっさんは。」

「お、俺は怖い。し、死にたない。」

「そうか、もしかしたら、琴子より、ぽっさんのほうが、イマジンかも、しれへんぞ。」

「死ぬのが怖いのが、いまじんなん。」

「死ぬのが怖いいうことは、生きることを大切にするということやろ。」

石太の口から零《こぼ》れる明朝は、周囲の音を奪う。

「琴子も、死ぬ怖さが分かったら、もしかしたら、もしかしたらや、分かるかもしれへん。相手がどう思うか。ボートピープルの人らが、どんな思いやったか。朴君が、どういう思いでおるか。」

「分からんかったら？　うちはあかん人け？」

「あかん人やない。でも、琴子がしんどい思いをするやろうし、それ以上に人にしんどい、つらい思いをさせるかもしれへん。」

「い、いまじんは、大切なんやの。」

「儂はな、儂は、そう思う。ぽっさんと、琴子が、どう思うかは、お前らで、決めたらええ。ただ、自分が思って、言うたことに、責任を持たなあかん。」

「責任？」

「そうや。例えば、琴子が、ぽっさんの話し方を格好ええと思たんやったら、その思いに、責任を持たなあかん。もしかしたら、そのことで、ぽっさんを傷つけることになるかもしれへんけど、それは自分が、心から思ったことなんや、て、言わなあかん。堂々と、な。」

「分かった。」

石太は思う。きっと彼女の行く末は、なかなか、困難なものになるだろう。

「いまじん。」

こっこ、ジャポニカは必要なさそうである。石太の「いまじん」は、それは美しく、凜《りん》として、こっこの汗臭い脳内で、光っているから。

その夜、石太は夢を見た。

寛太の小さなちんこから、まっ白い精液が飛び出す。

それはきらきらと光り、世界を覆い尽くすのだ。


「渦原。」

放課後、部室代わりになっている家庭科室で、朋美は背後から、急に声をかけられた。

『玉坂部長……、また、完全に気配を消していた……!』

玉坂部長、普段は大きく離れていたとて「姑」の気配は伝わってくる。尋常ならざる存在感なのである。例えば便所に入った際、玉坂部長が個室に入っておれば、部員には分かるし、逆に自分たちが個室に入っている際、玉坂部長が便所に入ってくれば、分かる。

『……いる!』

その存在感のため、部員の間では「将」と呼ばれることもある。あるいは「姑」よりも、彼女の本質をついた名であるかもしれない。玉坂部長は、波動だけで対峙する相手を打倒できる人物なのだ。

だが、さらに恐るべきことに、こうやって部員の作業を見守る際は、完全に己の気配を消すという術をも、彼女は習得している。今のところ誰も、その技を体得すること叶わない。

玉坂部長が気配を消すのには、理由がある。

針仕事に集中している部員を緊張させ、作業に支障をきたすことをよしとしないこともあるし、抜き打ちで作業を見ることによって、皆に分からないよう玉結びを甘めにしてはいないか、からまった糸を敬意なくして乱暴に切ったりしてはいないかを、確認するのである。

部員の負傷を何より嫌う玉坂部長であるが、この「気配消しといて突然声がけ」により、驚いた部員が針を深く刺し流血、ということがままある。

その際玉坂部長は、

「それ見たことか!」

と、将の貫禄を見せる。

「再三言うとるやろ、針持っとるいうこと念頭に置いとけ! 死ぬぞ!」

部員は、はい、と声出し、気合を入れ直すのである。決して、『あんたが気配消すから……』とは言わない。兜《かぶと》をかぶらぬ戦士たちだ。

今回、何度目かの経験を生かし、朋美は針を刺すことを避けた。

『危なかった……！』

玉坂部長、眼鏡の奥の目が、きらりと光った。

「渦原、よう見てみい。蟻は、黒一色では、ないはずや。」

朋美が資料として使っているジャポニカの蟻は、一見すると、黒々とした体をしている。

しかし、確かによく見ると、その光る体には、かすかに、蟻の登る茎の緑や、対峙する空の青や、玉虫のような七色が、宿っている。それを表現せずして、この蟻の姿を捉えたと、安易に思うでない、と、将は言っているのである。

『でも、これを再現するとなると……。』

ほとんど精密な絵画レベルだ。己の刺繍技術でまかなえるだろうか。朋美は不安でたまらない。

しかし、そんな朋美の不安を見越してか、玉坂部長は、手を朋美の肩に置いた。

『うぬなら、出来る。』

もはや、言葉なくしてのコミュニケーションも可能。

朋美、部長の手が置かれた肩の、尋常ならざる熱さを感じながら、感動してうなずく。

ああ指先に、力がみなぎるようだ。

忘れてるけど、それ妹の大事なジャポニカやねんで。

夏休みが明けると、玉坂部長は受験勉強のため、部活動を引退することになっている。玉坂部長、学業は自分には必要ない、自分にはこの針と何かしら布的なものがあれば、それだけで食べていけるはずだ、と両親を説得したのであるが、高校ばかりは、と泣きつかれ、しぶしぶ私立の家政科の受験を呑んだ。情に厚い将だ。

次期部長は、朋美に決まりだろう、と部員の皆が思っており、朋美も、それを感じる。玉坂部長の自分に向ける目は、厳しい、厳しすぎるほどだ。

「さあ出来たー。ティーパーティーを始めましょうね。」

家庭科室の後ろ半分では、「料理部」が今日の課題である「ブルーベリーマフィン」を作製、これからティーパーティーに移ろうとしている。「前半分」が部室である手芸部とは、雰囲気、雲泥の差である。

部室の分離を徹底的に望んだ玉坂部長であったが、それはかなわなかった。裁縫道具も、調理道具も同じ家庭科室にあるのだし、それぞれの部員は手芸部が四人、料理部が七人。とてもひとつの部室は、望みようもなかった。

「今日はアップルティーにしましょうか。」

甘いアップルティーとマフィンの匂いが、ぷうん、と。それは家庭科室を漂い、窓をすり抜け運動場へ。キャッチャーの眞子、あっかん、何やこのええ匂いは！　ヒットも出ていないのに、キャッチャーミットを投げた。

「甘い甘い甘い甘い！」

「なに優雅な匂いさせとんねやぼけ！」

ナインらの投球は狂い、ボールを落とし、顧問が怒鳴る。

「ほら集中じゃ！」

集中出来るかぼけ。

自意識と恥じらいから、小さな弁当を食して放課後ハードな部活をやっている、育ちざかりの彼女らの前にこの匂い、何に集中出来るというのであろうか。

運動部員の男子生徒たち、サッカー部野球部ハンドボール部なども、口々に言う。

「信じられんほど甘い！」

「料理部料理部料理部料理部。」

料理部に、可愛らしい生徒が多いのも、男子生徒が沸き立つ理由である。

「集中じゃ！」

集中出来るかぼけ。

可愛い女子生徒らが、アフタヌーンティーなるものをかましている横で、思春期の彼らが、何に集中出来るというのであろうか。

「それに比べて手芸部は匂わないし、集中出来てよいな。」

というのが学内の共通認識である。男子生徒は、さらに思っている。

「手芸部員に心奪われることないし、集中出来てよいな。」

が、その中で戦場に咲く花のように光り、輝いているのが、朋美である。

朋美はおぼこいというか、雰囲気の野暮ったさはいなめない。だが、華やかで恋人のいる理子や、やんちゃでじゃじゃ馬然とした眞子より、美しいのにどこか田舎くささを感じさせる朋美が結局、一番の人気である。なのに朋美は、自分のそういう魅力に気付いていない。例えば、理子、眞子の顔を見ていると、あたしの姉妹めっちゃ可愛いやんと思うのだが、自分の顔も一緒やで、ということを、忘れてしまうのだ。

「猫の子でも個性あるのや。」

いつか石太が言ったように、三つ子でも、性格や雰囲気は生まれながらに違う。こっこから見たら「同じ顔のやかましい姉妹」であるが、おのおのは、底知れぬ個性を持ち、違うマイルストンを目指して、歩いているのである。十四歳。彼女らは、美しい。

朋美、料理部の暴力的ないい匂いに狂いそうになりながらも、針を刺していく。まるで苦行だ。そういう点において、まったく顔色を変えない玉坂部長は、大悟《たいご》した高僧に近い存在かもしれない。

部訓は「一針入魂」、その扁額字《へんがく》も、刺繍である。毛筆のはね、止めまでを見事に再現した、玉坂部長渾身の一作。

「渦原よ、その刺繍は祖母に贈るのだったな。」

「そうです、玉坂部長。」

「いつまで。」

「祖母の誕生日が八月十五日なので、あと一ヶ月ほどです。」

「急げよ、だが丁寧に。」

「はい！」

蟻の頭部分、あと少しで完成である。がんばれ朋美。これが出来たら、赤ちゃんのおくるみに刺繍してあげよう。赤ちゃんやから、青虫かなんかにしたるねん。朋美は家族が増えるのが、嬉しくて仕方がない。

こっこが生まれてきたとき、朋美はどれほど嬉しかったか。理子、眞子と手を取り合い、どれほど喜んだことか。

こっこは、あぶう、あぶう、と何かを話し、それに飽きることがなかった。朋美の顔を、まるで魔法か何かのように見つめ、動くと、甘い飴玉のような黒目が、それを追った。指をさしだすと、迷わずに握り、その予想以上の力に、朋美は歓声をあげた。

三つ子は六歳だった。自分たちは、世界でも指折りの小さな人間だと思っていた。非力で、弱いものである、と、思っていた。でも、こっこを見たとき、そのあまりの柔らかさに、小ささに、清潔な匂いに、驚いた。

こっこは妹も、弟も欲しくない、と言う。八歳。子供返りしているわけではあるまい。こっこは本当に、家族が増えることを、疎ましく思っているのだろうか。朋美には分からない。朋美にとって、世界はいつも誠実で優しい、たやすい。きらきら。

終業式は、雨だった。風もあった。

朝顔の鉢や「自分の顔」を持って帰らねばならないので、雨は面倒だった。傘を差すと、両手が使えなくなる。ぽっさんは聡いため、潔く緑色の雨合羽《あまがっぱ》を着て登校しており、こっこを悔しがらせた。いつも先をゆくぽっさん。雨の日に、両手を空けるとは!

夏休みの宿題は、二年生時と比べ物にならないくらい出された。絵日記、自由制作、漢字ドリル、計算ドリル。阿呆か、とこっこは叫びだしそうになったが、その前にちゅーやんが、まじでむりー、と、いつもの鬱陶しい身ぶりで抗議をしてくれた。

「無理なことあるかー。遊ぶだけが夏休みと違うんや。」

「先生はどこ行きはるのんーデートー?」

たっちんは、終業式までぷんぷんに女の匂いをさせている。夏休みに向け、何かと思うところあるのだろう。中学生であったら、休みの間パーマネントを当て、つまらない日焼け男性相手に、積極的に少女を喪失しようとするクチだ。

「登校日と持ち物を黒板に書くからの、連絡帳に書いとけよ。」

ジビキは、方角をきっちり定められたデートのことを考えたくないので、たっちんを無視、チョークを走らせている。その姿を見るのも一ヶ月半後だと思うと、登校日くらい書いてやろうか、とこっこは思う。行く気はないが。登校日なるものがあって何が夏休みか。阿呆をぬかせ。

窓外に目をやると、鉄棒のあたりの空気がユラユラと揺れていた。陽炎《かげろう》だ。

鼻糞鳥居は、相変わらず鼻糞で何かを成そうとしており、幹成海は、その隣で背中を丸めている。また、紙に何かを書き、それを小さく、小さく、折りたたんでいるのである。

こっこは、朴君がくれたメモを思い出した。

朴君のパニックはあれから起こることなく、ゴックんの考えた「ぱにっくん」というあだ名も、定着しなかった。聡明な顔で、登校日や持ち物を連絡帳に記入している。二学期も学級委員になればいい。彼は、三年二組の良心だ。

こっこは気まぐれに、幹成海の手元を見てみようと思った。腰を浮かせ、身を乗り出す。

幹成海は気付いていない。小さく、小さく、折りたたみ、一センチ四方ほどになった紙を、机の中に入れている。こっこは首を伸ばし、机の中を見た。同じような白い紙で、ぎっしり埋められている。あ、と思った。

海の中で、魚の卵を見つけたような気分だった。

幹成海が急に、得体の知れない海洋生物のように思えた。

こっこは、幹成海を、じっと見る。後頭部ごしに目が合っているような気分、結局登校日は、書かないままだ。

鼻糞鳥居が鼻糞を机に溜めこんでいる横で、幹成海は同じ机の中に、何らかの卵を産み続けていたのだ。人間性のあまりの違いに、こっこは世の不思議と席替えの神の悪戯を思った。

幹成海は連絡帳の隅に、また何か書いている。乗り出して見ると、「しね」だった。

「しね」。

こっこ、背中を誰かに、べろーっと撫でられたような気分だ。幹成海は、それを細かく、丁寧に折り、やはり机の中へせっせと入れている。幹成海の机に詰まった、たくさんの「しね」。

「こら渦原、何してんねん。」

こっこ、うるさいぼけを言うこともならず、前につんのめる。その拍子、髪に触れられた幹成海は、びくっと体を震わせ、机の中の紙が落ちた。緊張状態を解かれた紙々、ばらばらばらばら。足元に落ちるそれはまるで、急に訪れたあられのようだ。

「うわ、何やこれー。」

隣の席の女子が何をやっていたのかも知らず、鼻糞鳥居は、鼻を掘る手を、やっと止めた。

「雪みたい。」

こっこが言うと、幹成海は、こっこを振り返った。少しだけ。

幹成海は、魚に似ている。体が透けて、ひらひらと頼りないが、速い魚だ。

夏休みに入ると、期待と暑さのために、こっこはうんと痩せた。頬の肉が落ち、大きな瞳が、より聡明に光った。脚などは、膝小僧の部分がぼこっと浮き出して、若木の幹のようだった。

こっこは、よくぽっさんと学校のウサギ小屋に足を運んだ。

登北小学校は小さい学校であったが、申し訳程度の運動場と中庭がある。ウサギ小屋は中庭の、あまり日が当たらない場所にあった。炎天下が苦手で、寒さに強いからということだったが、日蔭の寂《さび》れた小屋は、いかにもみすぼらしかった。飼われている三羽のウサギたちも、目つきが悪く、ひどく臭って、中には、他のウサギとの喧嘩《けんか》のため、耳を食いちぎられ、目が潰れている者もいた。彼らには、キュートなペット、というよりは、獰猛《どうもう》な家畜の趣があった。こっことぽっさんは、その獰猛さを愛した。

日に一度、飼育委員がウサギ小屋を掃除する際、ウサギに小型犬用のリードをつけて外を歩かせてやるのだが、通常人気があるだろうその仕事は、ウサギの貫禄ある家畜感と臭いのため、誰もやりたがらなかった。

こっことぽっさんは、飼育委員ではなかったし、頼まれもしなかったが、その役目を、頻繁に買って出た。

みすぼらしくて臭く、悪者顔のウサギたちであったが、リードを見せると、外に出してもらえると分かるのか、ひょこひょこと扉までやってくる。それがこっこには嬉しかったし、動物にも、人間のようなはっきりした意思があるのだと知って、怖くもあった。

「ぽっさん、ウサギは、自分らのことどれくらい分かってるんかな。」

「せ、せやなぁ。」

暑さのためか、ぽっさんの返事はいつもより緩慢だったが、三羽のウサギを連れて歩く、十分ほどの時間は楽しかった。ウサギたちは、もぞもぞと動きながら、「外やで外やで」と、歌を歌った。

ときどき、その十分間に、ゴックんや、鼻糞鳥居が加わることがあった。ゴックんも鼻糞鳥居も、家族で旅行に行く計画のない児童だった。

菅原ありすは両親と三人でフランスに行くので、登校日も学校には来ることが出来ない、と言っていた。菅原ありすは、夏からブラジャーをつけるように、と沢先生に言われており、可愛いブラジャーをフランスで探してくるつもりだ、と、女子にのたまった。なるほど彼女は、こっこが見ても分かるほど大きな胸をしており、その先に、小豆《あずき》大の乳首がついていることも、はっきり見て取れた。

横山セルゲイはロシアに「里帰り」する母についていく、と言っていたし、ちゅーやんは母と叔母家族と、シンガポールに行くと言っていた。

旅行の予定のないこっこは、それでも楽しかった。隠そうとしても、夏休みの楽しさが毛穴から滲みでているのではないか、と思うほど、こっこはわくわくしていた。だが、わくわくしているのとは裏腹に、こっこは無口になった。だから実は誰も、こっこが夏休みを楽しんでいるのだとは、気付かなかった。

あまり話さなくなったこっこは、その分、自分の体の中で、文字や思いがじくじくと発酵していくような、そして、外の暑さとあいまって、その発酵の速度が日に日に増しているような気がしていた。

思いはたくさん、あふれるほど胸をつくのだが、それを言い表す言葉を見つけられなかった。というより、言葉を発する瞬間に、わずかな重力を感じるようになった。何か言いたいことがあっても、その重力のため、口が簡単に開かなくなったのである。重力から解放される場所にたどりつくまで言葉を探すのだが、大概は、それを探し当てる頃には、もう遅かった。

だからこっこは黙り、いつも脳内には、たくさんの文字が行き来していた。暑さのせいか。いや違う。思い出すのは、石太とぽっさんと話した、あのときの白い月だ。すでに暑かったはずなのに、こっこの思い出の中、あの日の月はしんと優しく、冷たい。

真昼の公団では、蟬《せみ》が怒ったように鳴いている。夏休みだ。旅行に行けない組は、金を出しあい、アイスを買ったりして涼んだ。暑くてたまらないときは、コンビニ内をいわくありげな顔でうろうろし、それでも我慢できないときは、朴君の家に遊びに行った。

朴君の家は、いつもクーラーが効いていて、ひんやりと涼しかった。時々朴君が夏風邪をひいていて、こっこはそれが羨ましかった。

渦原家にもクーラーはある。だが、赤ちゃんのために、引っ越しのために節約、という雰囲気がおのおののストッパーとなり、リモコンに近い位置にいる人間が、皆の期待をいちいち背負うという、難儀な思いをすることとなった。

詩織に強いつわりはなかったが、暑さの中動くのはさすがに辛そうで、紙子が濡れたタオルで汗を拭いてやる姿を、よく見るようになった。

「大丈夫か詩織。」

「男の子かもせーへん。なんか、そんな気ぃするわ、重いもん。」

「それ、こっこのときも言うてたやんか。」

「せやっけ。」

紙子と詩織は、本当の母娘のようだった。

寛太は地域のエアコン修理業務に忙しく、また残業を増やしたことで、こっこが起きている間に帰宅することはなかった。その状況は彼の胸を痛めたが、もちろんそんなことは、こっこは何も気にしていなかった。

暑い中、深紅の円卓は暑苦しく、日に日に増す詩織の、何らかの匂いが嫌だった。それは、菅原ありすに感じる、なんとも言えない苛立ちと似ていなくもなかったが、こっこは結局、それを表す言葉も知らなかった。

朴君のクーラーの効いた部屋で飲む濃いカルピスは、いつも、異常に美味しかった。

朴君の家には、いくつも使っていない部屋があるようだった。母親が一階に引っ込むと、二階はしん、という音が聞こえるほど静かだ。こっこは時々、トイレに行くふりをして、廊下に寝ころんだ。

廊下の天井も壁もコンクリートで、見るからにひんやりとし、まるで低温の動物の皮膚のようだった。触ると、こっこの指を優しく跳ね返してくる。

とても静かな家だった。

時々、朴君の母親が、誰かと電話で話す声が聞こえた。その声は小さく、低くて、詩織の大きくあけすけな声とは、程遠かった。母親は、泣いているときもあった。こっこは、その泣き声を聞いているのが好きだった。目をつむって口を開けると、泣いているのは自分ではないか、と思えることもあった。

そんなとき、ナムが部屋からするりと出てくる気配がした。でも決して、こっこには近づいてこなかった。こっこは、動物に意思があることを、改めて知り、感嘆した。

そして、ナムの柔らかい体を思い出し、結局、我慢しきれず目を開いた。

ある日、こっこはひとりで遊んでいた。

ぽっさんを誘いに行ったのだが、ぽっさんは両親と五つ上の兄さんと、祖母の家に少し早い墓参りに行くのだと言った。

「れ、連泊や。」

朴君の家まで行く気にもならず、ぽっさんおらずして、ゴックんや鼻糞鳥居と遊ぶのは、なんとなく気が進まなかった。

こっこは結局、B棟とC棟の間をうろうろし、炎天下の中、死んだ蟬を拾い集めたり、かかとで土を掘り起こしたりしていた。だが当然、つまらないだけだった。あかん、うっかり夏休みに飽きてしまう、そう思ったとき、

「はろー。」

変な声がした。

振り向くと、暑いさなか、長袖鼠《ねずみ》色のつなぎを着、肩ほどまでの脂ぎった髪を、真ん中でぴたりと分けた人物が立っていた。ジビキくらいの年齢だろうか。眉毛が異様に濃く、鋭い眼光は壮年の狙撃手のようであったが、皮膚がつるつると光っていて白く、まるっきり少女のような趣もあった。

こっこは黙っていた。挨拶くらいは出来ただろうが、その人物の異様な雰囲気とおかしな挨拶に、圧を感じたのだ。

「はろー。」

こっこのひるんだ態度に頓着せず、その人物は、もう一度そう言った。嗄《しゃが》れているが、細く高く伸びた音が、遠くまで届くような声だった。タツノオトシゴのような生き物が人間の言葉を話すと、こんなであろう、と、こっこは思った。

「ひとりで、遊んではるのん。」

つなぎの胸の部分には、Ｓという黄色い文字がアップリケしてあった。灰色の中、どこか知らない扉の鍵のように、禍々しく光っている。寛太が仕事に行く際、似たようなものを着るが、この人物のものほどぴたりと体に沿うてはいなかったし、もっとたくさんポケットがついているものだった。体を締め付ける、灰色のつるりとしたつなぎは、その人物を砂人間か鼠人間のような、とにかく妖怪じみたものに見せていた。

こっこは思わず、周りを見回した。誰かいるかと探したのではなく、今がきちんと昼間で、自分が見なれた場所にいるのだということを、確認したかったのだ。

「胸のSを見てはるのん。」

「え。」

こっこが反応したのが、嬉しいのだろうか、鼠人間は、体をくねくねと揺らした。その様、何かに似ている、と、こっこは思った。

「Sは、逆さにしてもSなの、知ってはるのん。」

鼠人間はくねくねと動きながら、体を真横に折り曲げた。だらりと垂れ下がる髪は、真夜中のように黒く、鼠人間の影は、それ以上に黒い。

鼠人間は、とん、とん、と、胸のSを指差した。

「えす。」

こっこは、阿呆のように突っ立っていた。太陽が背面を容赦なく照りつけ、じりじりと頭頂部を焦がす。夏だ、夏である。

「Sは、逆さにしてもSなの、知ってはるのん。」

なるほど鼠人間の胸のSは、逆さになってもSであった。体を折り曲げたのは、それをこっこに見せたかったからなのだ。逆さになったSも、やはり禍々しかった。

「あんた誰。」

こっこは、改めて鼠人間に問うた。

「きゃー。」

鼠人間は、体をさらに激しくくねらせた。どうやら、恥ずかしがっているようである。恥ずかしがるような質問をした覚えはないが、本人が恥ずかしいのだから、仕方あるまい。こっこは大人の対応を見せ、鼠人間に名前を聞くことを諦めた。

「お名前、なんて言いはるのん。」

おい。自分は言うのん恥ずかしがっといてそれけ。

「なんでもええやろが。」

こっこは無意識で好戦的になっていた。ぽっさんがいないのが、寂しいのだ。

「きゃー。」

鼠人間は、ますます体をくねらす。何なのであろうか。まったく解せないが、どうしても目が離せない。

「ご尊顔《そんがん》を踏んでくれはるのん。」

「え。」

鼠人間は、くねくねをやめない。分かった、その様子、イカに似ているのだ。

「ご尊顔を踏んでくれはるのん。」

言葉の意味が分からないまま、こっこが立ちつくしていると、鼠人間は体をくねらすのをやめて地面に手をつき、仰向けに寝転がった。太陽の光に、眩しそうに目を細めたが、シンと冷えた真顔だ。

「ご尊顔を踏んでくれはるのん。」

鼠人間は、自分の顔を指差した。顔を踏んでくれと言っているのだ。どんな願いであろうか。こっこはひるんだが、鼠人間には、有無を言わさぬ何かがあった。

逡巡《しゅんじゅん》の時間十秒、結局こっこは恐る恐る、つまさきを鼠人間の額に載せた。目をつむるだろうと思ったが、鼠人間の目は、かっと見開かれたままである。

「もーっとやでー。」

さきほどまでの嗄れて高い、タツノオトシゴのような声ではなかった。太ったテノール歌手のような、野太い、地の底から響く声であった。その声を聞き、鼠人間が男であることが分かった。

「もーっとやでー。」

こっこはその声と、むいた栗のような黄味がかった眼球に気圧《けお》され、足全体を載せた。鼻を踏むとき、ぐりっという嫌な音がしたが、鼠人間は、何も反応しなかった。

「さーらーにーやでー。」

こっこはぎゅう、と、足に力を込めた。鼠人間の顔は赤紫色になったが、うめき声をあげることはなかったし、体はやはり、ぴくりとも動かなかった。

「なーおーさーらーやでー。」

こっこは渾身の力を込めて、鼠人間の顔を踏み続けた。汗が噴き出す。太陽が暑い、暑い。容赦なく。

鼠人間の表情を読むことは出来なかったが、とても喜んでいることだけは、足先からびんびんに伝わってきた。こっこは流れる汗を、止めることが出来なかった。

数分間そうしていたであろうか。鼠人間は、急に叫んだ。

「ストッピット!」

驚いたこっこが足を離したが、彼は仰向けに寝転がったままだった。そして、びくっ、びくっと、体を震わせ始めた。

『ふせいみゃくや。』

こっこは思った。しかし、どうやらそうではなかった。鼠人間はのたうちまわるような動きを見せたが、決して苦しそうではなく、それどころか、どこか優雅な、水面をたゆたうような表情をしていた。こっこは、力を込めたことで、肩で息をしていた。暑い。

しばらく、びくっ、びっく、と、体を震わせていた鼠人間であったが、やがて動きを止めた。止めた後は、不気味な静寂がこっこを包んだ。蟬の声さえも、聞こえなかった。

やっと、鼠人間が立ち上がった頃には、こっこの心臓がどくどくと、嫌な音を立てていた。立ち上がった鼠人間の体は、先ほどより小さくなったような。痩せたのだろうか、この短時間に。それとも、短い時間だと思っているのはこっこだけで、本当は数時間も、数日も、経っていたのかもしれない。そんな不可思議なことを思うほど、こっこの心は、千々《ちぢ》に乱れていた。

「はろー。」

鼠人間はまた、体をくねくねと揺らし始めた。強く踏んだ、踏んづけた、だから、鼻からは鮮血が溢れ、顔が赤黒くむくんでいた。

「あんた、誰。」

こっこが問うと、また、きゃー、と返す。いつもの鼠人間だ。先ほど遭遇したばかりなのにそう思うことが、おかしかった。いつもの鼠人間。

突然、鼠人間は背を向けた。そして、スピードスケートの選手のように、大きく体を揺すって、歩きだした。

「おい。」

こっこがそう声をかけても、鼠人間は振り返らない。ずず、ずず、と、足を滑らすように、遠くへ行ってしまった。長く黒い影を残して。不吉だった。

こっこは、しばらく茫然とそこに立っていた。

蟬の声が、思い出したように五月蠅く、鼠人間を踏んだ右の足が、熱かった。

こっこは、いてもたってもいられなくなった。走った。赤いスカートが風にあおられ、闘牛士がひるがえす布のようだ。走っても走っても、こっこは胸の動悸《どうき》を抑えることが出来なかった。わけのわからない力に、背中を押されているような気分だ。走っても、走っても足らず、道中こっこは、

「あああああ！」

と、叫んだ。暑い、暑い、太陽！

気がつけばこっこは、ウサギ小屋の前にいた。

ウサギ小屋では、五年生の飼育委員ふたりが、こっこが来るのを待っていた。散歩をさせるのが嫌なのである。こっこの姿を見ると、

「遅いやん。」

とまで言い、こっこも思わず、すまん、と言ってしまった。全身から汗が噴き出し、こっこをびちょびちょに濡らしている。夏とはいえ、どえらい。

小屋では、三羽のウサギも、まるでこっこを待っていたかのように並んでいた。こっこがリードを見せただけで、「外やで外やで」と、歌いだす。以前はそれが嬉しかったが、何故か今日は、疎ましかった。自分に何を期待しているのだ、このウサギども。

ウサギらを連れて歩きだすと、五年生はダラダラと小屋に入り、臭い、汚い、と文句を言いながら、掃除を始めた。こっこはいつものように花壇の周りを回り、渡り廊下を渡ってまた戻ってくる、ということを繰り返した。

心臓がどきどきと五月蠅く、それはウサギらの「外やで外やで」の歌に助長された。

鼠人間の姿が、はっきりと目に浮かぶ。

つるつると桃色がかった肌、極端に離れた眼光鋭い目、大きく丸い鼻、真っ赤に光る唇、イカのように動く肢体。

足で踏んでいるとき、彼の鼻からは血が流れたが、それを痛がる様子は見せなかったし、

それどころか、とても嬉しそうだった。こっこのサンダルの裏には、まだ彼の血が、ついているだろう。

「あ！」

こっこは思わず、声をあげた。

ぽっさんがいない。ぽっさんがいないのだ。

こっこは、ウサギの一羽を捕まえた。捕まえられたウサギは、「外やけどー」と言いながら体をよじらせたが、こっこが耳を強くつかむと、大人しくなった。

こっこはウサギを抱いたまま、花壇の横に寝ころんだ。腹の上に載せると、ウサギはもぞもぞ動いた。くすぐったかったが、決して笑えなかった。他の二羽のウサギは、一羽のピンチにまったく無頓着だ。呑気に、リードの作る範囲内の自由を、楽しんでいる。

こっこは、一羽を無理矢理、自分の顔に載せた。ウサギはさらに嫌がり、何度かこっこの顔を引っ掻いたが、やがて諦めたのか、静かになった。

ウサギの毛が目や鼻に入って、先ほどよりもくすぐったかった。だが、やはり笑えなかった。糞と草を焼いたような匂いがし、柔らかな肉球が唇を押した。擦り傷からは血が出ているだろう。それはこっこの頬を伝い、こっこは、赤黒くむくんだ自分の顔を思った。

一羽では足りない。このような重さでは足りない。

もう一羽を顔に載せたかったが、こっこの顔の大きさ、そしてこの体勢では協力者がいないと無理だった。誰か。

ひとりだ。

こっこは初めて、孤独を感じた。孤独に似たもの、かもしれない。誰にも守られず、誰にも関わることなく、自分がここにいるような気がした。それは思ったような甘やかさを伴うことはなく、寂しさとも違い、ただただ、ひとりだ、と、切に思うだけであった。

重さが間に合わないなら、せめて時間を、と思った。掃除が終わるまでの十分間ほど、こっこはそうしていた。長かった。

「うわ、なんやあいつ！」

掃除を終えた五年生が、叫んだ。

外やで外やで外やで。

ウサギたちは首にリードをつけたまま、歌い続ける。

こっこが帰宅したのは、夜七時を過ぎた頃だった。

結局数時間を、こっこはウサギ小屋の前で過ごした。五年生連中はこっこを不気味がり、早々に帰宅、顔の上に載せられたウサギも「かなわんわ」、ぷんぷん怒っていたが、やがて、糞をひると共に忘れた。

「こっこ!」

街灯に照らされたB棟は、しんと静かで、とても固そうで、誰か知らない人の住まいのようだ。心配した三つ子たちが、外に出て待っていなければ、こっこはきびすを返し、またウサギ小屋に戻っていたかもしれなかった。

理子、眞子は、部活動のジャージ姿のままだった。

「遅かったやん、心配したで!」

こっこは、何も言わなかった。数時間前、この場所で鼠人間に会ったことが信じられなかった。場所はこっこの思惑と関係なく、そこにある。しんと。鼠人間の血が流れた場所。

「ぽっさんち行っても誰もいてはれへんから。ひとりで遊んでたん?」

「うん。」

「あ。」

街灯の明かりで、朋美がこっこの顔の傷に気付いた。

「こっこ顔から血ぃ出てるやん！」

「可哀想に！　こけたんやろ？」

「うん。」

こっこは嘘をついた。こういうときだけは、三つ子たちの早とちりの決めつけは有難い。阿呆が役に立つこともあるのだ。

「洗面所で顔洗ったるからな。」

三つ子に囲まれて階段を登るこっこは、とても小さい。


家に入ると、詩織が大声を出した。

「あーよかった、こっこ帰ってきた！」

こっこは詩織の少し膨れた腹を見、そして顔を見た。毎日見慣れた顔なのに、何故か懐かしく思った。家に帰ってきたのだ。

「夏休みやからって、遊びすぎやでー。」

詩織と紙子からも、顔の傷についてひとしきりの質問を受けたが、こっこが、こけた、痛くない、と言うと、それ以上聞いてこなかった。ふたりも、阿呆でよかった。こっこは家の女たちを軽んじながら、洗面所へ向かった。朋美がついてきて、タオルを水に浸し、こっこの顔を優しく拭いた。ひっかいたような傷だ、結構深いものもある。

「泣かへんかった？　こっこ。」

「うん。」

いつもなら、当たり前じゃぼけ、などと吠えるこっこであったが、今日は大人しく、朋美にされるがままにしていた。白いタオルは洗剤と、少し、カビくさい匂いがした。家の匂いだ、と、こっこは思った。

円卓の上には、ちらし寿司、唐揚げ、茄子とオクラの煮もの、そして当然、水茄子の漬物が載っている。豪勢だ。女共が声を揃え、せーの、

「おばあちゃん、誕生日おめでとー！」

あ、と思った。

紙子の誕生日を、こっこはすっかり忘れていたのだ。寛太は残業で不在、石太は珍しくビールを飲んでいる。こっこの傷だらけの顔を見たが、何も言わない。

はっぴばーすでーいおばーちゃーん
はっぴーばーすでぃおばーちゃーん

女四人は、バースデイソングを熱唱し始めた。こんな大きな声なら、またぽっさんの家まで届くだろう、と、こっこは思ったが、ぽっさんはいないのだ。真っ暗なぽっさんの家を想像するのは、嫌だった。

紙子は嬉しそうに、でも恥ずかしそうに、手拍子をしている。バースデイソング、というものが、自分に馴染まないのだ。

歌い終わると、三つ子たちがニヤニヤと笑いながら、紙子に包みを渡した。

「プレゼント!」

頼みもせぬのにバースデイソングを歌い、プレゼントまで用意している三つ子に、こっこは驚愕した。こっこの誕生日に、紙子や皆は、いつも、必要以上の祝いをしてくれるのに、紙子に申し訳なかった。だが、だからといってここで謝ると、誕生日を覚えていなかったと白状するようなものだ。こっこは黙っていた。

「開けてみてー。」

「いやいやいや、何やのん、こんなおばあちゃんやのにー。」

紙子はますます恐縮し、それでも心底嬉しそうに、包みを開けた。中から出てきたのは、もちろん水色のベレー帽である。

「あらー。」

サイドに刺繍してある蟻は、見事の一言。

青、緑、紫の糸を使った蟻の頭は、絵画に及ぶ美しさがある。迫力、気概、朋美の傑作だ。玉坂部長は、出来あがったそれを見て、黙って朋美の肩を叩いた。熱い将。心置きなく引退してほしい。

「えらいまた……、本物みたいな……。」

紙子は、刺繍を撫でた。大きな蟻の触角が、指を刺す。お、め、で、と、う。

こっこは、蟻を見て既視感を覚えている。そらそうや、おのれのジャポニカやもの。だが、その既視感の原因を探らず、ちらし寿司をほおばった。今日は食欲が尋常ではない。食べても食べても、胃が食べ物を欲するのだ。

「もーっとやでー。」

耳をふさいでも聞こえる、鼠人間の声だ、テノール。こっこは狂ったように食べる。

結局紙子に、おめでとう、を言えないままだ。

石太は、相変わらず何も言わず、ビールを飲み続けている。酒を飲んでいるということは、少なからず紙子を祝う気分でいるということだ。プレゼントなど用意しないが、感謝はしているのだ。寛太が残業を切りあげて帰宅した頃には、石太の顔は、相当赤くなっていた。

寛太は、母に立派な扇子をプレゼントした。

「暑い中我慢してもろてるさかいな、せめてもの！」

結局この日も、誰もクーラーをつけなかった。

ぶうん、と扇風機の音が、はっきりと夏である。いつもより賑やかで、福々しい円卓、深紅だ。

夕食後、ダラダラとテレビを見ていたときだった。

「こっこ、これ、ごめん。」

そう言いながら朋美が差し出したのは、あのジャポニカであった。刺繍の蟻の既視感に、こっこはそのとき、はっきりと合点がいった。

「すぐ返すつもりやってんで。でも、どうしても刺繍したくて。」

テレビからは、六十五年前の今日、に始まるナレーション。むじょうけんこうふく、ぎょくおんほうそう、こっこには解せない言葉ばかりだ。つかもうとすると、するりと身をかわされる。ちらりと石太を見ると、久しぶりのアルコールにやられたのか、こくり、こくり、と居眠りを始めていた。

「こっこ、ほんまにごめんな。」

朋美は心底、申し訳なさそうである。熱心にこっこの顔を見ているが、口元にケーキの生クリーム。白い。

こっこは円卓に座ったまま、差し出されたジャポニカと、テレビ画面を交互に見た。白黒の映像、地面にひれ伏して泣く少女たち。こっこと同じくらいの年齢だろうか。たくましい蟻が浮かび上がったベレー帽が、円卓の上に置いてある。深紅の中、それは、無知な者の描く涙のように、健やかな水色だ。

たえがたきをーたえ、しのびがたきをーしのび

紙子が画面を見ながら、泣いていた。肩を震わせ、ほとんど嗚咽《おえつ》だ。さきほどまで、あんなに喜んでいたではないか、紙子、泣くな、泣くな。こっこは叫びたかった。

ジャポニカを手に取った。そして、まっすぐベランダに向かった。心配そうな理子と眞子、泣いている紙子の前を通り過ぎる。そして皆が、あ、と言う間に、ベランダの柵

から思い切り、ジャポニカを放り投げた。ジャポニカは、二、三度はばたくようなそぶりを見せた後、B棟下の生け垣に落ちた。

「こっこ、何するの！」

詩織が、声をあげた。詩織の腹は、一秒ごとに膨らんでいくような気がする。あれが命だと、どうしたら思えるのか。誰か教えてくれ。額に玉のような汗、汗、汗。そんな難儀な思いをして、何を産む価値があるのか。誕生日を祝うのは、何故なのか。

「こっこ、ごめん、ほんまにごめん。」

朋美は、泣きだしそうな顔をしている。先ほど、こっこの顔を優しくぬぐってくれた朋美。二学期から手芸部の部長である。生クリームの匂いがする、優しい朋美。

「こっこ。」

こっこはベランダから詩織を、朋美を、皆を、そして画面で泣く少女を、睨む。睨んだ視線の終着は、円卓。紅。紅。

たえがたきをーたえ
はっぴーばーすでーいおばーちゃーん
しのびがたきをーしのび

ここは、泣かなかった。泣かなかったし、紙子の誕生日を祝わなかった、一度も。

ここはずっと、顔に載ったウサギの、重さのことを考えていた。


夏休みを過ぎると、教室には、すっかり様変わりした児童らがいる。

夏の一ヶ月半が、子供を劇的に変えるのだ。だがその変化に、本人は気付かない。気付くのは、いつも成人である。

ジビキは日に焼けた皆の顔を見、その圧倒的な変化に、怯《おび》えに似た感情を抱く。自分だけが取り残されているような気分だ。

子供らが向かうのは、自分と同じ死であるはずなのに、彼らはまったく違う意思を持って、違う目的地に歩いていくように思える。その行軍に、すでに成人の自分だけは、混ざれないのだ。彼らは彼らのまま、凶暴に成長してゆく。いつかこの子供たちが、今の自分と同じような気持ちになるとは、到底思えない。

この子らの延長に、自分のような人間がいるのか。

では自分も過去、こんなに眩しかったのだろうか。

「お前ら宿題やってへんねやろなー。」

怯えを隠し、ジビキは軽口を叩いた。弱い犬が無駄に吠えるのと同じである。

ジビキは夏の間、来春結婚することを恋人に約束してしまった。あーあ。金星がふたりの婚姻を祝福してくれる時期であるらしい。恋人の長広舌《ちょうこうぜつ》に脳みそが地震、結局「責任」、の言葉に完全に打ち砕かれて、頭を縦に振った、震度7。とにかく、インディオとか金星とか、急に責任、とか、いったん単語の種類をまとめてくれや、と思う。憂鬱な新学期である。

こっこにとっても、新学期は憂鬱であった。宿題の八割を残したままだ。特に絵日記がまっ白であるのが、絶望的だ。

言い訳をさせてやると、集中して宿題をしようと思っていた夏休み後半、こっこは結膜炎になったのだ。真実。不潔なウサギを顔の上に載せたのが、悪かったようだ。

結局二週間ほどで完治、新学期には両目で登校することとなったが、こっこは眼帯を望んだ一学期の自分をさえ、すでに懐かしく思った。

数年も前の自分の願いを、思いがけず叶えられたような気分だ。

『いまさら?』

もう子供やおまへんで。こっこの歩む速度は、増している。

だが、実際に眼帯をつけられたことを、もっと喜んでもよかった。ぽっさんも、よかったな、と祝福してくれたが、夏のさなか、目のあたりがジメジメと蒸すのは不快だったし、遠近感がぼんやりとではあるが実際分からなくなったのも、鬱陶しかった。何より鏡で見た自分の顔は「眼帯をつけた人」であり、ただ、それだけだった。ぽっさんには鼠人間のことは言わなかったし、ウサギを顔の上に載せたから結膜炎になったのだ、ということも、言わなかった。朋美が泣きながら取りに行った、ボロボロになったジャポニカのことも。

とにかく、あの一日のことは、何も、ぽっさんに言わなかった。大事な日にそばにいないぽっさんを憎く思ったが、それをぽっさんにぶつけるのは理不尽なことであると、こっこは分かっていた。いや、分かった。

最近のこっこは、ずっとそうだった。何か言葉を発するとき、行動を起こすとき、以前のような重力を感じるより先に、あ、分かった、と思う。「分かった」正体が何か分からないのだが、「分かった」という感覚だけが熱を持って、はっきり胸にあるのだ。

届いた手紙に自身で納得して、そのまま返事を書かないような、言葉を発しないことに対する裏切りの感情がよぎるが、「だって分かった」のだ、という強い熱が、それを制する。うちは、分かってん。こっこは黙る。ずっと無口だ。

「菅原ありす、ブラジャー、ブラジャー。」

横山セルゲイが、小声でそう言ってくる。好色、助平、勃起を覚えたハーフ、彼の速度に皆が追いつくのは、いつになることか。「前ホックかな、後ろホックかな」などと、訳の分からぬことをほざく野郎だ。改めて見ると、どこか顔つきが変わっている。何だろう、と思ったが、目だった。

真っ青だった横山セルゲイの目が、深い藍《あい》色になっているのだ。成長するに従い、目の色が変わるなんて、未知の生物のようだった。こっこは、しげしげと横山セルゲイの目を覗きこんだ。知らない生物。

終業式、幹成海を魚のようだ、と思った。

あのとき、魚はこっこを見た。ゆっくり。

幹成海は学校を休んでいる。机の中にぎゅう、と詰まっていた卵のような紙々は、綺麗に整理され、跡形もない。白い紙に書かれた、たくさんの「しね」だった。

知らなかった。

幹成海は、一ヶ月も、目の前に座っていたのに。一年生も、二年生も、同じ学級だったのに。

こっこは突然、自分は、知らないことが多すぎる、と思った。

ウサギを顔面に載せていたときの孤独が、再びこっこを襲った。寂しかった。今度の孤独は、ただ、ひとりである、というのではなく、もどかしさを伴っていた。脇に細い逃げ道があるような、どこかに光明が見えるような、もどかしさだった。

孤独。

それを願った頃のこっこと、今のこっこは、僅かでも決定的に違う。横山セルゲイの目、深い藍と同じように。

願いには、時差があるのだ。神様分かって。

「幹成海と仲良かったけ?」

日直をさしおき、自らプリントを持っていくと主張したこっこを、皆が訝《いぶか》しく思った。席替えが敢行され、こっこと幹成海は席も遠く離れたし、ふたりが仲良く話をしているところなど、誰も見たことがなかった。だが、そういえば幹成海が誰かと笑いあったり、ふざけあったり、とにかく三年二組生らしく過ごすところを見た児童は、いなかった。

幹成海は、そういう児童であったのだ。誰かに疎ましく思われることはないが、かといって誰かの視線にさらされるような人間でもない。幹成海は教室にいて、いて、ただそれだけだった。

「うちが行く。」

こっこの意志は強かった。当然ぽっさんを伴い、いつの間にか、ゴックんと朴君と香田めぐみさんも、ついてきた。

登北小学校裏門から延びる道路には、市が植えた銀杏《いちょう》が、列をなす。秋の黄葉は綺麗だが、落葉の頃になるとギンナンが落ちて、臭いがひどい。今は青葉、立派な葉っぱなのに、はらはらと落ちてくるのが、侘しい道である。

「ぱ、朴君は、夏休み、ど、どっか行ったんけ？」

「うん。韓国に行ったで。」

「へえ！　ふるさと訪問やないか！　ええのう、儂もベットナム行きたいわ！」

朴君の両親は、年内に離婚をするという。母親の転居に伴い、朴君も引っ越しをせねばならないらしい。朴君が学級委員をやらなければ、誰がやるというのか。

「ほんなら、朴君は違う学校行くの？」

「せやねん。でも、学区見たら、中学でまたみんなと同じになるよ。」

「ち、中学か。」

「中学って、あと、三年と半分もあるやんけ！」

「さ、三年半もたったら、み、みんな、変わってるやろなぁ。」

「どんなふうに?」

「あ、あれや、今、はこうやって、み、みんな普通に喋っとるけど、だ、だんだん、男女で話さんようなるんや。」

「なんでじゃ。」

「し、思春期いうやっちゃ。」

ししゅんき、こっこは呟いてみる。自分にそのようなものがやってくるとは、到底思えない。自分はいつまでも自分で、ぽっさんとも、ゴックんとも、戻って来るだろう朴君とも、こうやって遊んでいる。ここでずっと、ギンナンなどを集めるのだ。

「こっこちゃんち、赤ちゃん生まれるんやて?」

香田めぐみさんの姉は、眞子と同じソフトボール部らしい。眞子のことだ、阿呆のように言いふらしたのであろう。何がそんなに嬉しいのか。

「せやねん。阿呆よ。」

「赤ちゃん生まれてきたら、見せてもらってもええ?」

こっこは、香田めぐみさんをじっと見る。長いまつ毛、大きな目には、銀杏並木が映っている。実際の銀杏より、香田めぐみさんの両目の中の銀杏のほうが、素敵だ。やはり香田めぐみさんに、眼帯はいらない。

「赤ちゃん好きなん？」

「うん、好きよ。可愛らしいやん。」

香田めぐみさんが言うなら。

「ほんなら、見せたってもええで。」

詩織の大きく膨らんだ腹、そこから出てくる生き物、ナムとは違う、ウサギとも違う、得体の知れない生き物。そいつにも必ず、「ししゅんき」は訪れるのだ。

「ほんなら渦原さんち、五人きょうだいになるん？」

「三つ子と、うちと、そうやな。」

「ええなぁ。羨ましいわ。」

「なんでじゃ。」

「僕なんて一人っ子やし、お父さんとお母さんが離婚したら、お母さんとふたりきりになるから。きょうだいがおってくれたらな、て思うよ。」

「ナムおるやんけ。」

「ナム、そうか。ナムがおったなぁ。」

「朴君がおらんようなる前にやな、生き物飼うかどうか学級会で決めなあかんの！」

「ほ、ほんまやな。」

「幹成海んち、結構遠いんやの！」

「せ、せやな。誰か行ったこと、あ、あるん？」

「僕、何回かプリント持って行ったことあるよ。」

「そういえば、幹さん、よく休んでたもんね。」

「しかし、みき、なるみ、て、どっちが苗字か名前かわからんの！　あだなつけたろか！」

「ゴックんやめとき。あかん。」

ゴックんの頭には、銀杏の葉っぱがついている。二枚も。ちょっと奇跡だ。

幹成海の母は、幹成海と同じ顔をしていた。

困ったような眉毛。黒目がちの丸い目と、形の良い鼻、薄い唇。おかっぱ頭まで、同じである。

プリントを渡してすぐに帰るつもりだったが、母はこっこたちを家の中へ入れた。

「成海、友達来てくれたよ。」

友達、と呼ばれるほどの仲ではないことが、こっこたちを面映《おもは》ゆくさせた。しかし、もう靴は脱いでしまっているし、そうこうしているうちに、ぱた、ぱた、と、幹成海が階段を下りてくる音が聞こえた。

「あ。」

幹成海は、思いがけず大勢の人間が集まっていることに、驚いた表情を見せた。

「だ、大丈夫け？」

「儂、あだな考えてきたど！」

「ゴックんやめときって。」

「ごめんね幹さん、ようさんで押しかけて。」

ええよ、と小さな声で言い、幹成海は皆を部屋に招いた。こっこだけは、何も言わなかった。

幹成海の部屋は、幹成海を体現したような、何の変哲もない部屋だった。薄い桃色のベッド、ベージュのカーペットに、誰の家にもあるような、学習机。こっこがしわくちゃになったプリントを渡すと、ありがとう、と小さな声で言い、それをふわりと机の上に置いた。別段、どこか体が悪そうには見えなかったが、例えば体を触るとか、手をつなぐとか、そういう肉体的接触を憚《はばか》られる雰囲気が、幹成海にはあった。

「幹さん、明日は学校来れるん？」

香田めぐみさんが問うと、幹成海は、分からへん、と答えた。黒目がちの目は、誰を見るでもなく、空《くう》を泳いでいる。

「ど、どっか、体悪いんけ？」

「ううん。」

「お前、まさか、ズル休みけ！」

「うん。」

「ぐっ……！」

幹成海は、やはり深海の魚のように神秘的だった。一年生から同じ学級だった幹成海を、こっこは今さらながら、まじまじと見た。髪の毛が真っ黒だ。

「なんでや！」

「つまらんから。」

「そうか！」

「お、お母さんには、なんて、ゆ、言うてるん。」

「しんどいから行きたくないって。」

「ええのう！　儂んとこは、儂が熱あっても学校は絶対行かせよるど！」

「学校つまらんのんは、なんでなん？」

朴君に優しく聞かれると、大抵の女子は、ぽうっとなる。幹成海は、どうであろうか。

「うーん。なんでやろ、別に。」

普通のようだ。

「理由はないん？」

「うん、ないよ。嫌なこともないし。でも、面白いわけでもないから。」

「だから、あんなん紙に書いとんのけ。」

こっこの問いに、皆、首をかしげた。幹成海は、あの日、バラバラと落ちた紙を拾い、まとめて焼却炉で燃した。「しね」を知っているのは、こっこだけである。阿呆の鼻糞鳥居、一ヶ月も隣の席にいて、気付かないとは。幹成海は、こっこをじっと見た。

「うーん、よう分からん。」

「分からんのけ。」

「うん。なんか、書きたくなってん。」

「書きたなったんけ。」

「うん。」

「ほんで、折って。」

「うん。」

「机に、入れて。」

「うん。」

十分だ。それ以上聞く必要はない。

だって書きたくなったのだ、「しね」を。幹成海は学校がつまらないのだ。つまらない学校に毎日登校せねばならないのは、それはしんどいやろうな、と、こっこは思った。そして、それをなんとかしてやりたいとこちらが思うことも、幹成海にとっては、しんどいことなのだろう。

「お前んち、学校から結構遠いの!」

期せずして話題を変えるゴックん、二学期も人気者である。

「うん。中学は、もっと遠なるから、嫌やわ。」

幹成海は、カーペットを撫でながら笑った。初めて笑顔を見た。

とても可愛らしい笑顔だった。部屋も、よく見たら、ものすごく可愛かった。

夏休みの間に、森上と理子が別れたと聞き、ノボセイの男子生徒は舞い上がった。顔が良いのは認めるが、元々あんな阿呆に渦原理子を奪われたことを、苦々しく思っていたのである。

「なんで別れたん。」

「だって阿呆やもん。」

「知っとったやん。」

森上は未練たらしく、理子の教室の前をうろうろしたり、部活動の際、意味ありげな視線を理子に送るのだが、理子はあっさりしたもの、今は改めてバスケットボールに夢中だ。

新学期の昼休み、身重の詩織の代わりに紙子が作った握り飯をほおばりながら、三つ子また一緒の食事である。

「何これ、中身漬けもんばっかりやん。」

「ミートボール入れて、て頼んだのに。」

「でもな、料理部の子が言うてたけど、夏場は腐りやすいから、漬物とか梅干しとか入れてむすぶんがええらしいで。」

「そうかしらんけど。」

手芸部の新部長になった朋美、さっそく課題制作を部員に課した。布製の扇子に大きな鰐《わに》である。山折り谷折りになっている扇子は糸を通すのが難しく、なおかつ裏側もはっきりと露見するので、部員らは、難儀や難儀やと苦しんでいる。だがその苦しみが、いつしか制作の喜びに変わること、朋美は知っている。玉坂部長が教えてくれたことだ。

課題制作のほか、朋美は個人的に、赤ちゃんのおくるみに刺繍を始めていた。新部長は忙しいのだ。

黄色いタオル生地は理子と眞子が購入、刺繍するのは、蜂の子に決めた。図書室にある「昆虫図鑑」を借り、蜂の子のぷるっと瑞々《みずみず》しい質感や、乳白の優しい色などを、仔細に研究しているところだ。やるからには、腰を据えてやらねば。

「赤ちゃん楽しみやな。」

「うちは引っ越しが楽しみや。」

「ほんまにするんかいな。」

「えー、せんかったらきついやろう、あの狭さでは。」

「そろそろ自分らの部屋欲しいしな。」

「何なん眞子、ひとりになりたいん。」

「いや、ひとりになりたいわけやないけど、ほら、こっこも部屋欲しいやろうし。」

「せやな、最近ようひとりで考えこんでるもんな。」

元々お喋りではなかったこっこが、あるときから極端に無口になったこと、三つ子も気付いている。痩せたこっこは目だけがぎらぎらと光り、幼いながら近寄りがたい空気をまとっていた。そんな矢先の、「ジャポニカ遠投」事件である。物言わぬこっこの代わり、ジャポニカが渦原家に何かを訴えた。こっこの何かしらの感情が、発露した瞬間であった。

こっこは、成長しているのだ。

「朋美、こっこには許してもらえたん。」

「うん、許してくれたよ。」

無言ながら、こっこは暑い最中《さなか》も、朋美の布団で眠った。綺麗に体を洗っている朋美だったが、やはり、生クリームのにおいがした。

「こっこ、優しいからな。」

眞子は、夏休みで、うんと日に焼けた。炎天下のキャッチャーである。体育館、家庭科室にいた理子、朋美より、ふたつぶんほど黒い。鼻の頭がむけるのだ、と言って、ふたりに見せる。眞子の皮は、黄色っぽい透明で、日に透かすと、ぼんやりと空が見えた。

「せやな、あの子は優しいな。」

「赤ちゃんも、今はいらん言うてるけど、出来たら、絶対可愛がるよな。」

「そらそうや、うちらより可愛がるかもせんで。」

渡り廊下がユラユラと揺れている。ノボセイにも、陽炎があるのだ。三つ子はそれを見つめ、紙子のおむすびをほおばった。

「こっこ、めっちゃ背伸びたよな。」

「うん。」


新学期が始まって一週間ほど経った頃、公団の敷地内で、男が逮捕された。

ぽっさんの言っていた「へんしつしゃ」なるものの被害が、夏休みに集中していたこともあり、地元の警察が警戒の目を光らせていたところ、まあ、あっさりというか、堂々とその姿を捉えられ、逮捕にいたった。現行犯だった。

公然わいせつ罪。

男は、登北公団内、D棟とE棟の間で、小学校四年生の女児ふたりに自分の局部をさらしていたところを、巡回中の警官に取り押さえられた。

パトカーがやってくる音に興奮したこっこは、弾丸のように家を飛び出し、同じく興奮した面持ちでC棟から降りてくるぽっさんと鉢合わせした。

「ぽっさん。」

こっこは意味もなくぽっさんの名を呼び、

「こ、ことこ。」

ぽっさんもそうだった。

パトカーの姿は、すぐに見えた。すでに数名の住人が、その周りを囲んでいる。ここことぽっさんは走った。警官に両側から腕を取られ、男がまさにパトカーに乗せられようとしているところだった。その姿、遠目からも分かるそれを見て、こっこは、あ、と、声をあげた。

鼠人間であった。

前会ったときと同じ、鼠色のつなぎを着、つやつやとした桃色の肌をしている。どつかれたのか暴れたのか、真ん中から分けられた髪の毛は乱れ、それでも胸のSは、凶暴に光っている。黄色。

こっことぽっさんは、離れなさい、と警官に言われるまでパトカーに近づき、鼠人間を見た。鼠人間が、ちらとこちらを見たような気がしたが、目が合っているわけではなさそうだ。皆をすり抜け、どこか遠くの海を思っているような、目だった。

「気色悪い！」

「ほらヤバイ顔してるやん。」

「うわこっち見よった！」

住人は口ぐちにそう言い、パトカーの向こうでは、逮捕時に局部を見せられた女児であろう、ふたりがそれぞれ、母親らしき女性にしがみついている。怯えているようには見えない、ただ、自分らが放りこまれた状況に驚いているのだ。小四にもなって母親の尻に抱きつくなんて、恥ずかしないんかえ、と、こっこは思う。

しかし、こっこの足ははっきりと震えており、ぽっさんに話しかけようにも、どうにもうまく声が出なかった。ごそんがんをふんでくれはるのん。そう言った、鼠人間。こっこはまた、ウサギの重さを考えた。

鼠人間はパトカーに乗せられても、依然外を凝視していた。ギラギラと大きな目は、眼前にぽっかりと現れた、湖のようである。

パトカーはなんとなく偉そうな顔をして、ゆっくりと動き出した。音もなく光る回転灯は不気味だ。ただ、赤い。残った警官がひとり、「被害に遭った」女児ふたりに、話を聞いている。

こっことぽっさんは、その場を離れた。

空は桃色から紫へ変化しており、美しい夕焼けだった。

夕焼けを見ると涙が出るのだ、と、いつか石太が言っていたことを、こっこは思い出した。なんでじゃ、と問うと、夕焼けはいろんなことを思い出させるからだ、と石太は言った。あのとき石太は、本当に涙を流していたように思う。いつだったか。おそらくこっこは、小学校にも行っていなかった。

痛い、悔しい、以外で涙を流したことなど、なかった。


こっことぽっさんは、公団内の公園へ移動した。

ここにも銀杏がある。学校裏の銀杏と違い、頼りなく葉を落とすことなどない。立派な、根性ある木である。

ふたりは古びた青のブランコに座り、こっこはつまさきで砂を掘った。ぽっさんは変質者逮捕の瞬間を見たことに、興奮しているようだ。

「な、なんか、お、男か女か、わからんような奴やったな。」

「うん。」

「あ、ああいうんが、へ、変質者か。」

「うん。」

「い、五つ上の兄さんが、ゆ、言うとったけどな、あ、ああいう輩《やから》は、じ、自分のあかんとこみ、見せて、興奮しよるらしいで。」

「うん。」

「し、しかも小さい子に。」

「うん。」

「し、少年相手でも、え、ええいう奴おるんやで。」

「うん。」

こっこが掘り続けている砂は、茶色を超えて、赤っぽい色になってきた。靴が砂をかぶり、どんどん汚れてゆく。こっこの影は、しっとりと、黒い。

「うち、鼠人間て呼んでるねん。」

「え?」

こっこは汚れた靴を脱ぎ、裸足の足を砂の上に置いた。深く掘った砂は、少し濡れて、ひんやりと冷たかった。

「あの男。鼠みたいやろ。」

「こ、ことこ、あいつ、し、知っとんのか。」

「うん。夏休みに会うたんや。」

「お、会うたって、へ、」

変なことをされなかったか、と、ぽっさんは言いたかった。しかし、黙っていた。こっこは今度は足の指で、ぐりぐりと砂を掘り出した。

「鼠人間、うちに、ごそんがんをふんでくれはるのん、て言うた。」

「え？」

「ちゃんと覚えてる。ジャポニカなかったけどな、ちゃんと覚えてるわ。うちも意味分からんかったけど、顔踏んでくれ、て言うとってん、鼠人間。ごそんがんをふんでくれはるのん。呪文みたいや。」

「か、かお？」

「うん。うちに顔踏んでほしかったみたいや。」

「ふ、踏んだんか。」

「うん。」

「そ、そうか。」

帰宅をうながす音楽が響いた。遠き山に日は落ちて。六時だ。夕暮れは、桃色、紫、橙《だいだい》、青。石太はまた、泣いているのかもしれない。細い光が、まっすぐ届く。

「滅茶苦茶力こめて踏んだんやで。鼠人間、顔から血ぃ出とったもん。うちそれから、ウサギを顔に載せてん。」

「ウ、ウサギ？」

「そう、鼠人間を踏んでから、走って、小屋行って、ウサギを顔に載せたんや。」

「そ、そうか。」

「ぽっさんおらんかったから。おばあちゃんちに行っとったやろ。うちはひとりで、ウサギを散歩させたんや。」

爪の中に、みっちりと砂が入っている。

こっこはじっと、それを見つめた。夕焼けを浴びて、オレンジに見える足。青い筋の通った足の甲。それを見ていると、こっこは急に、分かった。言葉を発するとき、「分かった」と思う正体が、分かった。

土の詰まったこの爪は、石太の夕焼けの話を聞いたときよりも、うんと大きくなっている。うんと汚れている。うんと年老いている。うんと。

「す、すまんかった。」

ぽっさんが、そう言った。

こっこは、ぽっさんを見た。ぽっさんは左手をブランコの鎖に添え、夕焼けを背にして、こっこを見ている。昔のぽっさんは、もっと、もっと小さかった。ブランコに添える手は、猿の子供のように赤く、小さかったではないか。

「謝ることあらへん。ぽっさんは悪ない。」

こっこは、いつかぽっさんと同じ時間に死ねたらいい、と思った。

初めて、死ぬことを寂しいと思った。

ぽっさんが先に死んだら、こっこはきっと、泣くだろう。

「す、すまんかったな。」

「謝らんでええ。」

でも、先に泣いたのは、ぽっさんだった。こっこをひとりにしたこと、ウサギを顔に載せたこっこ。ぽっさんの目の玉から、透明の涙が、はらはらと落ちる。

ぽっさんは、早く大人になりたいと願った。初めて。

「ひ、ひとりにして、す、すまんかった。」

こっこは、夕焼けを綺麗だと思った。自分たちが死んでも、きっとずっとそのままであり続けるだろう夕焼けを、綺麗で、寂しいと思った。ひとりでいるよりもずっと、5LDKの大きな家にいるよりもずっと、今ここでぽっさんといるこっこは、「寂しい」という気持ちを、経験していた。

公団は静かになった。家々から夕餉《ゆうげ》の匂いが漂ってくる。腹が減ったが、こっこもぽっさんも、動かなかった。今日が、何らかの日である、ということを、ふたりとも、しんしんと思っていた。きっと将来、この日のことを、忘れることはないだろう。そして実際、忘れられない日になった。

ふたりの目の前に、鹿が現れたのである。

それは大きく、立派な角を持った、鹿であった。

こげ茶色の毛皮には、白とグレーのぶち模様があり、体軀《たいく》はがっしりと逞《たくま》しく、それに比して、脚はしなやかに長く、ひづめが堂々と地面を踏んだ。鹿は、こっことぽっさんの姿を認めると、ひたと凝視してきたが、決して威嚇《いかく》しなかったし、怖がりもしなかった。

不遜《ふそん》、夕焼けそのもののような、鹿であった。

「鹿や。」

寿老人ではなく、寿老人がお連れになっている鹿が、ぽっさんの前に現れたのである。長い間、寿老人の出現を願い、その杖を授けてくれることを願っていたが、大人になりたいと、初めて切実に願った今日、ぽっさんの前に現れたのは、雄々しい鹿であった。

ああ、なんて美しく、逞しい鹿であろうか。

「綺麗や。」

こっこが言った。鹿はぴく、と耳を動かし、二、三度足踏みをした。日向《ひなた》の草のような匂いが漂ってくる。それを追いぬくような夕餉の匂い、静寂。

「綺麗。」

黒い目が濡れたように光り、小さな口は、きゅっと結ばれている。

鹿は、しばらくそこにとどまっていたが、やがて歩きだした。長い長い影を残し、E棟の方へ。カツ、カツ、という高貴な音は、ぽっさんが幾夜も焦がれたものだった。ああ。

「き、綺麗やな。」

こっことぽっさんは、顔を見合わせた。

鹿は、杖をぽっさんに授けてくれる代わり、可愛らしい糞を、ぽろぽろと、たくさん、落としていった。

夕焼けは去り、青黒い光がふたりを包む。速やかに、夜が降りてきた。お互いの輪郭がぼんやりと薄れたが、鹿を見た興奮だけで、ふたりは、しっかりと繋がっていた。

三つ子が心配しているだろう、と、こっこは思った。

案の定、遠くで、こっこー、と、呼ぶ声が聞こえる。こっことぽっさんは、勝手知ったる公団内を、三つ子の声を頼りに、歩いた。

こっこー、こっこー。

三つ子は、ふたりの姿を見ると、ああ、と、声をあげた。

「よかった！」

朋美のTシャツには、「不屈」という文字が刺繍されている。新部長になるに当たり、玉坂部長から譲り受けた、しろものである。あまりに大切に着ているため、滅多に洗濯せず、少し臭う。優しい朋美。

「ぽっさん。」

別れ際、こっこは、ぽっさんに、あることを頼んだ。

ぽっさんは、不思議そうな顔をしていたが、やがて、

「わ、わ、分かった。」

と言った。格好いいぽっさんの、リズム。それは、歌うような。


幹成海が久しぶりに登校すると、三年二組では、席替えが敢行されていた。

座席表によれば、幹成海の席は窓際の後ろから二番目から、廊下側から二列目、真ん中の席に替わった。隣は朴君だったので、実は、ほのかに嬉しかった。表情に出ないタイプなのである。

ランドセルを机の脇にひっかけ、席につく。机の上には誰かの落書き、ハート、唇、こんなちゃらいことをするのは、たっちんか。

幹成海は座った途端、反射的に、机の中に手を入れた。

すると、紙に触れた。はっとした。

さらに探ると、机の中は、紙で埋め尽くされていた。

捨てたのではなかったか。雪のように足元に降ったあの紙々は、たくさんの「しね」は、誰の目にも触れられることなく、焼却炉へ捨ててしまったのでは、なかったか。

ぎゅうぎゅうに詰まったそれを、ひとつ手に取り、幹成海は、周囲を見回した。

教室には、数名が登校しているだけ。まだ早いのだ。一ヶ月半ぶりの教室は、どこか、よそよそしく、幹成海の視線を、さらりと跳ね返してくる。

紙は、少し湿っているような気がした。汗か。何故か不快に思うことなく、幹成海はそれを、少しずつ開いていった。随分小さく折り畳んだものだ。自分も、ここまで小さく折りは、しなかった。

やっとのことで開いた紙には、

**ゆうやけ**

と、書いてあった。

驚くほどの筆圧、限りなく、ゴシックに近い字だ。
犯人をすぐに見つけた幹成海は、次の紙を開いた。
今度は驚くほど薄い字、老人のように達筆な草書で、

しか

幹成海は、すぐにぽっさんを思った。学級でも特に、字体に特徴あるふたりである。
次の紙には、

**タオル**

次の紙には、

笛

幹成海は、憑《つ》かれたように、紙を開いていった。

つえ
**夏休み**
**やらかいねこ**
てがみ
**こいカルピス**
さる
文字
**石太**
てんぐ
つよいめがね
**夏ぶとん**
**たこやき**
ぶつぞう
**給食**
石太
背のたかい草

いっきゅうさん
**中庭**
めっちゃつめたい水
月
**ホルモン**
なむあみだぶつ
**プリンのうえのとこ**
夕方から夜になるとき
つるつるの石
**あいこがつづく時間**
ちょうちん

幹成海は、わずかに笑っていた。

ふたりの、個性的な文字。

机の上は、幹成海が開いていった、白い紙で覆われていた。登校してきた朴君が、隣で笑った。朴君、不整脈は起こらないままだ。幹成海、やはり、ほのかに嬉しくて、そして、悪戯を思いつく。

中庭にいるこっことぽっさんは、ウサギ小屋のウサギを、熱心に見ている。もうすぐ始業のチャイムだ。


変質者が逮捕されたことと、動物園から脱走した鹿が現れたことで、登北公団は、少しく有名になった。テレビのワイドショーが訪れ、インタビューに答えたスナック「きさらぎ」の竹田冨美枝さんは、油絵のような化粧をしていた。

こっこは汚れたジャポニカの新しい使い方を考え、ぽっさんがそれに乗った。

円卓では、久しぶりに紙子が作った料理が並んでいる。かぼちゃとひき肉の煮物、ホウレンソウのおひたしに、水菜と油揚げの炊いたん、カレイの煮つけ、煮物ばっかり。

「なんかミートボールかなんかないん。」

「なんや理子、うちが作った料理に文句あるんか。」

「おばあちゃん。うちは眞子や。」

「おんなじ顔やからええ。」

「あかん。」

「ひとり足りひんやないの。」

「朋美や。玉坂部長の家で夜なべしてんねん。」

「熱心やなぁ。」

「おくるみに刺繍するいうてな、張り切ってるねん。」

「いつかうちの家計の助けになってくれるかもせんのぅ。」

「お父さん何言うてんのん、あんたがもっと頑張ったらこんな、」

「こんな何やねん。」

「何もない。」

「いつ引っ越すんよ。」

「引っ越しかー引っ越しなー。」

「何。」

「ここええ家やと思わんか。」

「狭いわ。」

「狭いんはこれやって、この、円卓のせいやって。」

「せやんな。ギチギチやもん。」

「森上も学校で言いふらしよってめっちゃ恥ずかったわ。」

「理子よ、あの精神性やかましい穴のような男とまだ。」

「嫌やわおじいちゃん、もう別れたって。」

「別れたか！」

「やったー！」

「何喜んでるんよ。」

「あの子顔だけはよかったな。」

「ほんまに顔だけやで。」

「あ！」

「何や詩織。」

「動いた！」

「ほんまか。」

「えらい元気やわ！」

「触らして触らして。」

「あー、ほんまやー！」

「どれどれ、お父さんやでー。」

「ちょ、邪魔。」

「何や、俺の子やど！」

「ほら、こっこ、こっこも触り。」

「……。」

「どない？」

「……。」

「動いてるやろ？」

「うん。」

「こっこも、こんなんやってんで。」

「よう、動いとったんやで。」

「うん。」


詩織の腹の中、これらの会話を、そいつはすべて聞いていた。なかなか五月蠅い家族のようである。ごくごくと、羊水を呑む。それは少ししょっぱくて、甘い。小便をすると、生ぬるくて、水が揺れる。陽炎のようだが、そいつはまだ、陽炎を知らない。指に吸いつくと、ちゃんと爪があって、目を開けることはないが、大きな欠伸は出来る。

「動いてる。」

声が聞こえる。臍《へそ》から延びた管は赤くって、強い。何かのにおい。音。

「動いてる。」

そいつはその声を、決して忘れないだろうと思う。だが、忘れてしまう。生まれたら、死ぬために、生きてゆく。

幹成海が撒いた紙は、ハラハラと中庭を舞った。

それは真夏に降った、雪のようであった。鉄棒のあたりには、相変わらず陽炎。でも、もうすぐ秋が来る。みんな知ってる。

こっことぽっさんは、空を見上げた。幹成海の為したことを見て、わあ、と、声をあげる。笑う。ベランダには、登校してきた皆の顔。紙粘土ではない、本物の。

**おもろいかたちの野菜**

ウサギ

夕方から夜になるとき

**中庭**

**てんもん台**

つえ

しか

**たこやき**

**こいカルピス**

めっちゃつめたい水

てんぐ

石太

ぶつぞう

給食

なむあみだぶつ

あいこがつづく時間

みつご

ちょうちん

# 円卓

著者プロフィール
1977年テヘラン生まれ。カイロ、大阪で育つ。関西大学法学部卒業。
2004年『あおい』でデビュー。05年、2作目の『さくら』がベストセラーとなる。07年『通天閣』で織田作之助賞を受賞。ほかの著書に『きいろいゾウ』『しずく』『こうふく　みどりの』『こうふく　あかの』『窓の魚』『うつくしい人』『きりこについて』『炎上する君』『白いしるし』、エッセイに『ミッキーかしまし』『ミッキーたくまし』、絵本に『絵本　きいろいゾウ』、共著に『ダイオウイカは知らないでしょう』などがある。

# 円《えん》卓《たく》

2011年3月5日　第1刷発行

著　者　西《にし》加《か》奈《な》子《こ》
発行者　庄野音比古
発行所　株式会社 文藝春秋
〒102-8008 東京都千代田区紀尾井町3-23
電話　03-3265-1211(代)
印刷所　凸版印刷
製本所　大口製本

万一、落丁・乱丁の場合は送料小社負担でお取替えいたします。
小社製作部宛、お送り下さい。定価はカバーに表示してあります。


ISBN 978-4-16-329980-8